难 路
——坎坷之路上的一座城市

苏珊·万托赫[著]

刘炜[译]

河南大学出版社
HENAN UNIVERSITY PRESS

·郑州·

图书在版编目(CIP)数据

难路：坎坷之路上的一座城市 / （奥）苏珊·万托赫著；刘炜译. -- 郑州：河南大学出版社，2022.7
ISBN 978-7-5649-5251-8

Ⅰ.①难… Ⅱ.①苏… ②刘… Ⅲ.①短篇小说-小说集-奥地利-现代 Ⅳ.①I521.45

中国版本图书馆 CIP 数据核字（2022）第 139202 号

策划编辑	杨国安　谌洪波
责任编辑	纪庆芳
责任校对	王　慧
封面设计	翟淼淼
出版发行	河南大学出版社
	地址：郑州市郑东新区商务外环中华大厦 2401 号
	邮编：450046
	电话：0371-86059701（营销部）
	网址：hupress.henu.edu.cn
排　版	河南大学出版社设计排版部
印　刷	河南博雅彩印有限公司
版　次	2022 年 8 月第 1 版
印　次	2022 年 8 月第 1 次印刷
开　本	890 mm×1240 mm　1/32
印　张	4.125
字　数	96 千字
插　页	10
定　价	35.00 元

版权所有·侵权必究

本书如有印装质量问题，请与河南大学出版社营销部联系调换。

苏珊·万托赫(1912—1959)

苏珊·万托赫(第二排右一)与丈夫特奥尔多·阿尔诺·万托赫(第一排中)

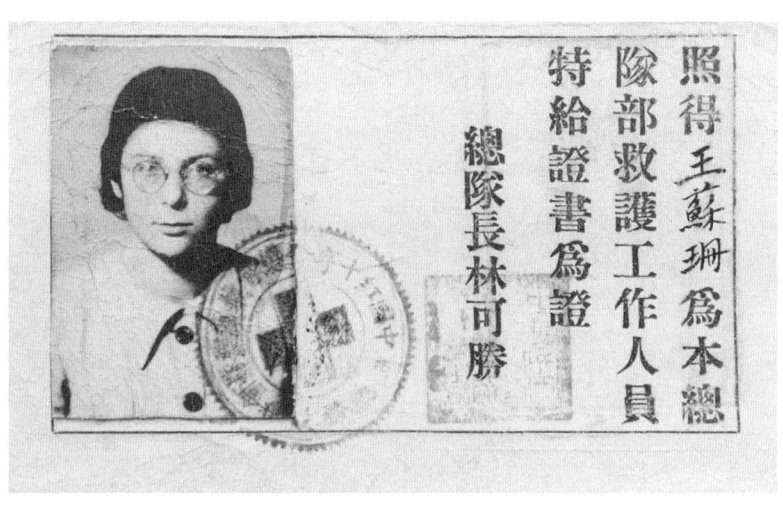

苏姗·万托赫(又名王苏珊)在中国红十字会的工作证

案查本校前奉

鈞部三十一年二月五日總字第零四七三八號訓令,以准外交部函,為

奉行政院指令,查敵國人民處理條例及敵產處理條例,業經

國府公佈,如雇有敵國技術人員,請查照敵國人民處理條例第十二條辦理等由,飭本校如有敵國籍教員,應即遵照辦理具報,如

有繼續雇用之必要,亦應報部轉咨內政外交兩部核辦等因,附發敵

國人民處理條例,敵產處理條例各一份;奉此,查本校醫學院聘

有教授係奧籍猶太族女性名萬陶珂,自三十年十月到校後,察

其行動,尚無可疑,為人亦忠實可靠,實有留用之必要,茲依敵

國人民處理條例第十二條之規定,擬請

鈞部轉咨內政外交兩部准予將奧籍教授萬陶珂留校住用，以利教學。是否有當？，理合備文呈請

鈞部鑒核訓示祇遵！

鈞部鑒核訓示祇遵！

教育部

　　謹呈

　　　　河南省立河南大學校長　王廣慶

1948年德文版封面

Inhalt

Die Universität	11
Das Lazarett	25
Der Revolutionär	32
Meine Heimat	38
Die Wege der Erkenntnis	42
Das Neujahrsfest	50
Wendungen	58
Die Wacht am Gelben Fluß	63
Krieg	75
Fünf Briefe	89
Das Brennholz und der Funke	95

1948 年德文版目录

Die Universität

Kaiser und Glanz sind dahin. Der Staub der alten Paläste ist über die Ebene des Gelben Flusses verweht, kein Denkmal verrät den sagenhaften Treffpunkt Lao-Tses mit Konfuzius. Aber die Stadt Loyang steht noch immer in der Provinz Honan, immer noch blühen die Maulbeerbäume im Frühling und die Felsen von Lungmen wachen südlich der Stadt wie zur Zeit, als Po Tschü-i hier seine Lieder schrieb; unzählige Tempelnischen spiegeln sich in den Wellen des Ih und tausend lächelnde Buddhas blicken auf den Reisenden herab, der flußaufwärts zieht, den Ausläufern des Tsinglin-Gebirges entgegen.

Zu beiden Seiten streckt sich das Land in unübersehbaren Ketten von Hügeln, bestanden mit jungem Weizen, den dunkelgrünen Ranken süßer Erdäpfel und den roten Blumen der Baumwollstaude.

Seit Jahrhunderten hat man in diesen Gegenden die Bäume für Brennholz niedergeschlagen, ohne wieder aufzuforsten. Nun sind die Hügel kahl und staubig geworden, die Erde ist trocken und durstig und die große Dürre sucht das Land in gespenstischem Zyklus heim.

Die Gehöfte sind karg und einfach wie die Menschen. Vier Wände aus Lehm, ein Bett, ein Tisch, ein

2018 年德文版封面

INHALT

Vorwort der Autorin

Die Universität

Das Lazarett

Der Revolutionär

Meine Heimat…

Die Wege der Erkenntnis

Das Neujahrsfest

Wendungen

Die Wacht am Gelben Fluß

Krieg

Fünf Briefe

Das Brennholz und der Funke

Nachspiel

Abgängig seit Juli 1959
Erster Bericht über die Schriftstellerin Susanne Wantoch
von Erich Hackl

Nachwort
von Tomas Sommadossi

Zu den Autoren

2018年德文版目录

Die Universität

Kaiser und Glanz sind dahin. Der Staub der alten Paläste ist über die Ebene des Gelben Flusses verweht, kein Denkmal verrät den sagenhaften Treffpunkt Lao-Tses mit Konfuzius. Aber die Stadt Loyang steht noch immer in der Provinz Honan, immer noch blühen die Maulbeerbäume im Frühling und die Felsen von Lungmen wachen südlich der Stadt wie zur Zeit, als Po Tschü-i hier seine Lieder schrieb; unzählige Tempelnischen spiegeln sich in den Wellen des Ih und tausend lächelnde Buddhas blicken auf den Reisenden herab, der flußaufwärts zieht, den Ausläufern des Tsinglin-Gebirges entgegen.

Zu beiden Seiten streckt sich das Land in unübersehbaren Ketten von Hügeln, bestanden mit jungem Weizen, den dunkelgrünen Ranken süßer Erdäpfel und den roten Blumen der Baumwollstaude.

Seit Jahrhunderten hat man in diesen Gegenden die Bäume für Brennholz niedergeschlagen, ohne wieder aufzuforsten. Nun sind die Hügel kahl und staubig geworden, die Erde ist trocken und durstig und die große Dürre sucht das Land in gespenstischem Zyklus heim.

Die Gehöfte sind karg und einfach wie die Menschen. Vier Wände aus Lehm, ein Bett, ein Tisch, ein lackiertes Regal, auf dem Ahnentäfelchen und Papieropfer stehen. Am Türbalken klebt ein glückbringender Spruch auf rotem Papier. Der Spruch ändert sich nicht mit den Generationen, nur das Papier wird jedes Neujahr frisch beschafft.

Hundertsiebzig Li weit folgt die Straße dem Fluß. Dort, wo die Berge höher werden und der Ih wilder, liegt die Kreisstadt Nan Lu. »Nan« bedeutet hart, schwer, »Lu« – der Weg; »Nan Lu« – der schwere Weg, der verschlungene Weg. Die Straße duckt sich unter das Osttor, verliert sich in ungepflasterten Gäßchen, läuft noch eine kleine Weile zum Westtor hinaus, dann hört sie endgültig auf. Weiter führen nur Fußwege und Maultierpfade nach Norden, nach Süden und Westen.

Das Nordtor, das Südtor, das Osttor, das Westtor – dickwandige Tore in baufälliger Mauer aus Lehm. Die Tore sind gut, aber die Mauer ist schlecht. Und auch das Tor wird schon bei einem Kanonenschuß geringen Kalibers einstürzen, es genügt ein Maschinengewehr.

Vorläufig denkt niemand hier an Kanonen. Vorläufig – wir sind im Herbst 1943 und im siebenten Jahr des chinesisch-japanischen Krieges – ist man hier im Hinterland mit friedlicheren Problemen beschäftigt: den Problemen des Weizens, der Hirse, der Baumwolle und des Öls, den Fragen der Preissteigerung und des Wuchers, der großen Dürre vor zwei Jahren, der kleinen Dürre im vorigen Sommer und der Heuschreckenplage im Herbst. Die Heuschrecken hat man mit wehenden Tüchern aus den Feldern zu jagen versucht. Was kann man gegen die Dürre machen, als den Hungerriemen fester schnüren? Gegen die Japaner haben wir unsere Soldaten, die Mauern der Stadt und die Berge, in die man fliehen kann.

Die Berge sind unerschütterlich in ihrer Klarheit und Größe. Ihre dunklen Schluchten und frischen Ströme sind unser, unser Land, und keine Macht des Himmels und der Erde kann sie uns nehmen. Auf die Mauern der Stadt allerdings kann man sich nicht mehr verlassen. Und was die Soldaten betrifft, so wird sich zeigen, was sie wert sind. Die Truppen sind vor der Stadt einquartiert, wir kennen sie gut. Wir sehen sie Maisbrei schlürfen und Läuse suchen, wir hören den Strohsandalen am Exerzierplatz marschieren; i – öl – ssan, eins – zwei – drei – rechtsum. Auch die Offiziere sind uns bekannt, breitgegürtet, lederbeschuht. Ja, die Armee Tschangkaischeks lebt. Und steht nicht das ganze Freie China geeint im Widerstandskrieg gegen den Feind? Liefert nicht jeder Bauernhof Säcke voll Korn für das Heer? Und die Rekruten, die niemals wiederkommen? Ein Sack Mehl weniger im Haus, ein Sohn, der nicht wiederkommt – irgendeinen Zweck muß das doch haben, und deshalb glauben wir, was immer man auch sagt, an unsere Regierung und an unsere Armee und beschäftigen uns mit unseren eigenen, friedlicheren Fragen.

Leicht ist das Leben nicht für die Bewohner der Stadt. Wenn der Weizenpreis fünfmal im Quartal steigt und das Schullehrergehalt einmal – wie soll man da auskommen? Nur die Kaufleute, reich geworden durch Hamstern und Schmuggeln mit dem Feind, gedeihen und werden fett. Freundlich lächelnd, anständig und dick wattiert, erschaffen sie eine Atmosphäre des Wohlbehagens in das armselige Straßenbild von Nan Lu.

In dieses Stilleben von Stadt, Land, Berg und Fluß hat sich nach der Besetzung der Provinzialhauptstadt Kaifong durch die Japaner das intellektuelle Zentrum der Provinz, die Universität, mit tausend Studenten und Lehrern geflüchtet. Sie zogen ein, wo Platz war – ein Tempel in der westlichen Vorstadt, Baracken beim Nordtor, ein Lehmhaus neben dem Post dienten ihnen als Quartier. Sie kamen an als Leute von Welt, mit Krawatten und Stöckelschuhen. Aber als die Stöckel abgelaufen waren und die Krawatten zerschlissen, lernten die Mädchen Schuhe aus Tuch nähen, wie die einheimischen Frauen sie tragen, und die Burschen legten die fadenscheinige Uniform der Soldaten an. Die Professoren haben über ihre Seidenroben aus besseren Zeiten blauen Drillich gezogen, und nur der feine Kopf und die würdige Haltung zeigen den scholastischen Rang. Sie haben sich's in diesem vergessenen Winkel erträglich gemacht, so gut es ging, nicht ohne Grazie und gute Laune. Sie klagen nicht um die großen Sachen, die verloren sind – Elternhaus, Bibliothek, Laboratorium, das gute Leben vor dem Krieg. Sie seufzen unter den Sorgen des Alltags – die Lehrbücher, die man sich selbst auf schlechtem Papier abschreiben muß; die Tinte, die im Hörsaal in den Gläsern einfriert; das schwarze Brot ohne Fleisch.

Aber der Studienbetrieb geht weiter.

Den gelben Staub der Landstraße, die nach Nan Lu führt, durchschritten in kurzem Abstand hintereinander zwei Männer. Sie gingen gleichmäßig schnell in ihren leichten Stoffschuhen, die mit Löß weiß überpudert waren. Der Ältere trug eine kräftige Bambusstange auf der Schulter, von deren Enden zwei in Öltuch verschnürte große Ballen herabhingen. Der andere ging unbeschwert in einem langen blauen Baumwollkleid, dem man selbst unter der dicken Staubschicht noch ansah, daß es neu war. Das auffälligste aber an ihm war sein Hut, ein

河南大学苦难辉煌的文学表达

——《难路》中文版代序

孙功奇

《难路》是一本无声的字典,以时空坐标为索引,顺着历史线索便能找寻到那段难忘的苦难记忆。

《难路》是一部宏大的史书,将家国炙热化笔墨,横竖撇捺之间记录着人民生死抗争的燃情岁月。

《难路》是一曲雄浑的乐章,自凄风苦雨时奏响,传唱百年刻写着河南大学艰辛跋涉的烽火壮歌。

《难路》的作者苏珊·万托赫,1912年出生于斯洛伐克,在奥地利林茨长大,1930年高中毕业后进入维也纳大学学习英语和法语,1938年和医科毕业的阿尔诺·特奥·万托赫(中文译名"王道")结婚,并随了夫姓。法西斯德国吞并奥地利后,实行恐怖统治,大肆迫害犹太人,共产党员身份的夫妇二人作为国际医务工作者来华参加中国抗日战争。"他们同中国广大军民同甘共苦,情同手足,过着战时极艰苦朴素的生活,努力克服工作中的巨大困难。他们忠实地履行了反法西斯战士的国际主义职责"。王道医生在湖北郧阳后方医院工作时,因工作劳累、生活条件差,肺结核病复发,大量吐血,1945年在重庆病逝,长眠于中国大地。万托赫曾服务于战地医院,1941年10月至1943年在位于河南嵩县的河南大学教授德语和英语。作为河南大学烽火办学的亲历者、参与者,万托赫怀着丧夫之痛,梳理自己在中国的经历,以她熟悉和热爱的河南大学抗战办学的历史为素材,开始创作小说《难路》。

作为无畏的共产主义战士,与河南大学同龄却身在异域的万托赫,通过小说《难路》,翔实记录了河南大学坚持敌前办学的烽火壮歌——

1937年11月4日,日军攻占豫北重镇安阳,河南省会开封危在旦夕。河南大学从开封迁往豫南山区,在辗转豫南鸡公山、豫西南镇平等地后,于1939年5月来到豫西的嵩县县城和潭头镇,之后在此坚持办学长达五年。

尽管深居山林,尽管炮火迫近,河南大学"以教育致国家于富强,以科学开发民智"的初心不易,五年羁留于豫西山区,却玉成了河南大学辉煌的抗战办学史。五年中,学校每年照常招收新生,欢送毕业生,送留学生到国外学习,先后培养出1000余名毕业生。1942年3月10日,省立河南大学升格为国立河南大学,实现了从"省立"到"国立"的蝶变。是年教育部考绩,河南大学名列第二,上课总时数为全国之冠。

"连天烽火"与"遍地弦歌",本是两种截然对立的情景,在河南大学抗战办学路上,两者竟如此悲壮而动人地相互交融,奏鸣出震撼人心的乐章,河南大学为中国抗战时期高等教育史书写了悲壮而辉煌的一页。

1944年5月中旬,由于日寇进犯,河大师生开始撤离潭头。历经五年呕心沥血营造的深山学府,在日本侵略者的炮火下毁于一旦,史称"潭头惨案"。在这场空前劫难中,河南大学死难师生及家属达16人,失踪25人。教室、实验室被洗劫一空,房屋被焚,图书典籍被付之一炬。在侵略者的铁蹄踩躏下,在自己的家园摆放一张安静的书桌,竟要付出鲜血与生命的代价。

作为旧世界的叛逆者,万托赫以这段苦难历史和烽火壮歌为切入口,撰写了这部篇幅虽短但格局宏大的纪实风格小说。诚如万托赫在小说前言所述:"这部作品是以一种客观的形式,用更加挚爱的色彩去描绘。"

河南大学诞生于国家和民族危难之际,成长于国家和民族奋进之中,发展于国家和民族振兴之时,具有悠久的历史和光荣的传统。丰富的红色基因与深厚的文化积淀高度融合,涵育为百折不挠、自强不息的河大精神。万托赫则通过《难路》真实勾勒了河南大学所处的特殊岁月、特殊环境中光明与黑暗、正义与邪恶、进步与反动的斗争,以及河大师生把国难当教材、把读书当战斗的责任担当——

　　日寇侵略的历史记载着屈辱,"流动的校园"则见证着坚强。师生们生活困窘、忍饥挨饿,但还是坚持学业,照常上课,打谷场、大树下成为教室,木板、竹凳成为上课的桌椅,缺乏教材,教师口传心授,学生奋笔记录,因为他们相信"每个人在自己的领域承担自己的责任,这才是规则";刚毕业的肖医生面对着中央政府的腐败、国民党军队的堕落和对革命者的白色恐怖,在黑暗的社会现实中窒息,暗暗发问:"难道这就是三民主义在现实中的样子吗?"唐院长和王助教面对着日军隆隆的炮声和凶残的刺刀,用自己单薄的身躯和宝贵的生命尽力保护着学校的设备和资料……而且,艰难的处境和战争的苦难抵挡不住广大师生和当地百姓对欣欣向荣的"红色边区"的向往。于是,卢生进山参加了游击队,肖医生奔向了敌占区游击队野战医院,年轻的学子们不再沉默,勇敢讨论着社会的焦点问题……人民群众的革命洪流正汇成一股巨大的力量,让侵略者和反动势力心怯胆寒!

硝烟虽已散去,历史不容遗忘。同样诞生于抗日烽火中的河南大学校歌——"嵩岳苍苍,河水泱泱……四郊多垒,国仇难忘……"已在中原大地传唱八十余载,不断唤醒河大师生最深沉的历史记忆,激励新时代河大人"勿忘昨天的苦难辉煌,无愧今天的使命担当,不负明天的伟大梦想"。《难路》以及其记载的那些苦难辉煌的过往,正化为河大师生在"双一流"建设新征程上勇毅前行的力量。

2022年8月

目 录

作者第一版前言……1
大学……1
野战医院……14
革命者……21
我的家乡……25
通往认知的道路……30
新年……36
逆转……42
守卫黄河……46
战争……57
五封信……70
星星之火……75
尾声……89
结束……91
再版主编后记……92
关于作者……94
关于小说……100
参考文献……106
译后记……113
编后记……115

作者第一版前言

创作这部短篇小说的计划可以追溯到五年前。1943年初,那是我来到中国内地一座大学城的第二年,这所大学规模不大,而我是当地唯一的白人居民。我完成了一部短篇小说的手稿,将其命名为《独一无二》。这部手稿描绘了一幅带有主观色彩的画面,色调阴郁,反映了我当时的心境。故事讲述的是我心中以及周围的现实生活。

但同时,作为对自己的一种奖励,也算是作为一种平衡,我还创作了另外一部作品。这部作品描写的是同一座城市,就是那座我熟悉的城市。而这部作品是以一种客观的形式,用更加挚爱的色彩去描绘。

一年半后,我在重庆获悉,我热爱的这所大学遭到日本人的袭击并被摧毁。我仔细研读了手上的目击者报告和许多往来书信,了解了那场灾难的来龙去脉。于是在1944至1945年冬天,我写下了这个故事,就是现在这部短篇小说的底稿。这部短篇小说名为《难路》(翻译成德语,这个词的意思是坎坷之路)。就如同故事里的大多数人名一样,这座城市是虚构的。

在当时的流亡生涯中,这部手稿被搁置了两年,不过最终还是和我一起回到了奥地利。书稿被交给了一家出版社,并按照出版社的建议进行了修订。

现在呈献在读者面前的就是这本书,篇幅不长。我们在中国的岁月看似已经相当遥远,中国和我们的世界之间有着千丝万缕的联系。若我能够通过这本小说让奥地利的读者对中国有所了解,则心愿成矣。

洛阳佳丽所,大道满春光。

游童初挟弹,蚕妾始提筐。

金鞍照龙马,罗袂拂春桑。

玉车争晚入,潘果溢高箱。

——简文帝,公元 6 世纪①

---

① 原诗《洛阳道》作者为南朝梁简文帝萧纲(503—551)。——译者注

大学

这里随处可见帝王将相的历史荣光。旧时宫阙的尘埃随风而逝,飘散在了黄河流域大平原。这里曾是传说中老子和孔子相会的地方,却没有留下任何古迹供人凭吊。洛阳城依旧坐落于河南省,春天的桑树依旧开满了花,龙门的壁立千仞仍然像以前那样,在南面守护着这座城市。白居易在这里留下了诗篇。无数佛窟的倒影荡漾在伊河的波涛中,千百尊弥勒佛俯瞰着过往的商旅。人们沿河上行,走进秦岭的余脉。

伊河两岸排开一片土地,延伸到无边无际的重峦叠嶂中。这里的土地长出新的作物,大块大块的,看着像碧绿色的红薯田,还有开着红色花朵的棉花田。

几百年来,人们在这一带伐木为炊,却没有重新种植林木。现在这些山丘都成了荒山秃岭,看起来灰头土脸。大地干旱,而旱灾好似轮回的恶魔一样蹂躏着这片土地。

农舍像这里的人一样一无所有。用泥土抹墙的四壁内,就一床一桌,加上一个上了漆的柜子。在祖先牌位上供着纸钱,门扇上用大红纸贴着喜庆的对联。对联上的字句传了一代又一代,没有丝毫改变,只是在过新年时才会被重新书写在纸上。

一条大路沿着伊河走出去一百七十余里。在那里,山势渐高,伊河也变得更加桀骜不驯。这里就坐落着一个叫"难路"的小县城。"难"意味着艰难坎坷,"路"就是道路。顾名思义,"难路"就是一条艰难之路,一条坎坷之路。这条大路钻进县城东门,融入没有铺就鹅卵石的小巷里弄中,然后还向前延伸一段,但在穿过西门后就消失了。再往后就只有通向北边、南边和西边的乡间小路和骡马便道了。

北门、南门、东门和西门都是泥土垒起来的厚重城关,彼此连着年久失修的城墙。城关保存尚好,但城墙却已经破败不堪。这样的城关,别说小口径火炮都能摧毁,就连面对机枪恐怕都够呛。

这里暂时还没人想到大炮。而之所以说暂时,是因为1943年,已经是中日战争全面爆发的第七个年头。在后方,人们关心的还是和平时期过日子的问题:麦子、高粱、棉花和油菜,物价飞涨与高利贷,还有两年前的大旱灾和去年的小旱灾,以及今年秋天的蝗灾。人们曾经试图挥舞手巾驱赶蝗虫,但该如何对付旱灾呢?只能把腰带再扎紧些。抵挡日本人靠的是我们的士兵、城墙和可以逃命的山区。

这里的山峦高耸入云,轮廓沉静分明。这里重峦叠嶂中暗色的峡谷和清泉溪流属于我们,这里的土地也是我们的。无论是天界还是凡间的权力,都不能将这片土地从我们手中夺走。不过话说回来,这座城墙可指望不上什么。至于当兵的是否可靠,那还要看看他们到底是什么货色。有一支部队就驻扎在县城前边,我们认识这支部队,看到他们喝玉米粥,在身上扒拉着找虱子。我们听见草鞋在校场上走正步,听见"一二三,向右转"的口令。我们也认识那些军官,腰扎皮带,脚蹬皮靴。是的,蒋介石的军队还活着。难道不是整个中国都在抗日统一战线的领导下对敌作战

吗？难道不是每家农户都要给军队上缴整袋整袋的军粮吗？可那些再也没有返乡的新兵是怎么回事？屋里少了一袋面，少了一个再也回不来的儿子，这一切总该有个说法。所以我们相信，也就是大家总说的，相信政府，相信军队。于是，我们就只操心自己的日常生活。

对这座城市的居民而言，日子过得并不容易。要是麦子的价格一个季度涨了五倍，而学校老师的工资只翻了一番，那这日子还怎么过下去？只有那些通过囤积居奇和走私的商人发了财。他们笑容可掬，穿着厚实的大棉袍，像变戏法一样在穷乡僻壤的难路县城里营造出一种舒适惬意的气氛。

这座小县城，以及这里的山川河流，都坐落在静谧之中。当日军占领省城开封后，作为全省文教中心的河南大学及其数千师生，就逃到了这里。只要还有空置的地方，河南大学的师生就搬进去住。城西的一座庙，北门边上的临时木板房，一座邮局边上的土坯房，都被用作了宿舍。他们刚抵达这里的时候，还是见过世面的体面人，打着领带，穿着高跟鞋。但当鞋跟跑坏，领带撕裂之后，姑娘们就学着做布鞋，用布来纳鞋底子，就跟当地妇女穿的一样。男生们也穿上了士兵那种露出线头的军装制服。教授们则在先前日子好过时买的丝质长衫外，套上了蓝色的帆布外套。只有聪明的脑袋和儒雅的举止显示出他们的学究气质和卓尔不群。他们在这个被遗忘的山沟里落脚，将就着住了下来，但举止依旧从容。他们没有去抱怨丢失的大件物资、祖宅、图书馆、实验设备，以及战前的美好生活，但他们会因为日常生活的艰难而叹息，感叹自己不得不在草纸上抄写教科书，感叹教室墨水瓶里的墨水都会冻住,感叹只能啃黑馒头,却吃不到肉。

但是,大学运转如常。

通往难路县城的大路上铺着一层黄色的尘土,一前一后相隔几步走着两个男人。他们穿着轻便的布鞋,保持着同样且均匀的速度向前赶路。布鞋上沾满了泥土。年长些的男子肩上挑着一副结实的竹扁担,扁担的两头垂着油布包裹的货包。另一个男人身穿蓝色布长袍,一身轻松地走着。那件蓝袍就算沾满灰尘,也看得出是件新衣服。他身上最显眼的是那顶城里人戴的毡帽,但这顶毡帽下却是一张年轻农民的宽阔面庞。

年长点的男人转过身,让年轻人和他并排走。"吃过饭了吗?"长者先开口打了招呼。

"吃过了。"年轻人答道,并保持着一种礼貌矜持的姿态。

"您贵姓?"年轻人打听起了对方姓名。

"姓廖。你呢?"

"我叫卢生。"年轻人聊了起来,很高兴找到了一个搭伴而行的人,"我老家在庙台子,300多年来就住在那里的山上,但其实我们祖籍在山东。"

"那你们为什么离开山东?"

"饥荒,300年前的那场大饥荒。当年很多人家从东海岸举家迁徙到这里,当时这里还是地广人稀。"长者看着远近棋盘一样的耕地,密如织网的乡间小道,还有看起来像是鼹鼠在农田里刨出的土丘一样的农舍,"现在我们这里也没有能落脚的空地了。"

"但那边还有。"年轻人抬手指了指远处的山岭,山峦的轮廓被勾勒得清晰可见,"那里肯定还有不少没有开垦的无主之地,还有老虎猛兽出没,还住着没有开化的野人,赤身裸体,茹毛饮血,有时还会打家劫舍,甚至是生食人肉。"

"你也信这些稀奇古怪的故事?"

"这可不是什么稀奇古怪的故事。这是真事!连我们大学的女学生都相信。但她们其他什么都不相信,在先祖画像前也不鞠躬,甚至宣称世上就没有神仙妖怪。"

"你还是相信有妖怪的!"

"我不知道,"年轻人回答得很圆滑,"我的父亲和兄长说有鬼怪,但我读书识字。要是我说我看到了妖怪,那大学生们会笑死我。"

"你是难路县城里学校的杂役?"

"对,是大学里的,大学!"年轻人不无骄傲地说道。

"你现在是放假在家?"

"对,放假。"

年轻人有点走神。年纪大的人打量了一下他的新衣服和圆毡帽:"家里肯定办了啥喜事吧?"

年轻人点了点头。

"你多大了?"

"十九。"

"你新娘子呢?"

"十八。她家姓徐。"年轻人骄傲地加了一句。

"徐和卢,这两个姓倒是蛮般配的。难路县城的大学里日子过得怎样?"

"很艰难。但我们在战乱的这些年学会了吃苦,这是教授先生们说的。"

"我从鲁山那里来,现在河南所有的机关和办事处都在那里,就连他们的日子也不好过,"年长者说道,"面粉的价格又暴涨了。比如说我肩上担着的丝绸,等我把这包货在难路县城里卖了,鲁山那里的进货价早就翻了一倍。另外,鲁山那里看来情况不妙,围着鲁山已经开始挖掘战壕了。"

"战况不好吗?"

"我没上过学,也读不了报纸。我只听别人说,丝绸商人都不愿意再出货,他们说可能要有大的变化,钱会变得不值钱。我弟弟被从家里抓夫,去挖鲁山周围的战壕。"

卢生叹了一口气,想起他热闹的婚礼和他的新娘。他特别喜欢新娘的姓——徐,第一个儿子九个月后就要出生了。这些都令人心绪不宁,他加快了脚步,直到看见了难路县城的城墙,心里才踏实下来。

卢生和伙房的老傅一起负责照看四十个大学女生的起居。姑娘们住在一间刷成白色的临街房子里,本来这不是住房,而是一些平房,有的是一间,有的是两间,围成了三个院子。

这里的工作算不上特别辛苦,至少不会比家里的农活累。一大早要从井里挑水,然后用柴火给土灶生火,接下来是打扫外院和两个内院。这时候老傅开始做面汤,卢生摆好吃早饭用的桌椅碗筷。然后他又和老傅去买菜和柴火,接下来才是最重要的活儿——做馒头。面粉和水搅拌均匀,面团要用力揉。这样等面团发酵起来的时候,才能大小合适,最后放在好几层的笼屉里隔水蒸。做馒头是件手艺活儿,只有北方人才懂。南方人整天一日三餐都吃他们的米饭,根本不知馒头为何物。

每天下午卢生还要去挑几担水。这里有路通向邮局、银行。在赶集的日子里,还要买麦子,为此讨价还价几小时也是常事。虽然才19岁,但这个小伙子已经赢得了女大学生们的某种信任。他聪明努力,只要有空闲,就会用墨汁和毛笔在精美柔软的白纸上练习临摹,想写一手好字。

至于不得不离开老家庙台子,对他而言算是喜忧参半。说不好,那是因为家里年轻的媳妇和地里的农活都在等着他。但要说好,则是因为可以躲过抓壮丁,因为这件差事一半算是在给官家当差,这也是他在学校当杂役的唯一原因。卢生已经在战争中失去了一个大哥和一个侄子。其中一个刚被征兵后就得了痢疾,另一个不知在哪里的前线失去了一只脚。至于他们后来怎么样了,只有天知道,但结果可想而知。

卢生打心眼里痛恨日本鬼子,但若是像大哥和侄子一样做出毫无意义的牺牲,走像他们一样的老路,可绝对不在卢生的考虑之列。他更想继续打扫半年院子,伺候伺候这些姑娘。只要这该死的战争还没结束,那家里的营生就交给二哥了。

这个年轻的杂役从柜子里取出饭碗和筷子,把盛了馒头的盘子、一小碗炒过的腌黄豆,还有一大盆煮好的面汤放在二院的桌子上。屋子里传出了欢声笑语。"吃饭,孩子们,马上八点了!"那些穿着蓝色衣服的姑娘,有的梳着娃娃头,有的扎着黑油油的长辫子,风卷残云般吃了起来。"苏梅,快来!"

化学系的女生马苏梅和她的两个同学小李和凤鸣住在二院的最后一间屋子里,这是一间泥土垒起来的狭长的小屋子。花布的被子和绣花的枕头算是让这间小屋子有了些生活气息。三个姑娘是好朋友:李小姐个子苗条,性格温婉,是从北京附近逃来的学生;凤鸣长得胖乎乎的,是个好脾气的热心肠,她是河南南阳附近一户地主家的女儿;小马,是三个姑娘里年龄最大的,身体壮实,精力充沛,一张嘴有点噘。小马去年夏天和学校的王助教结婚了,但在洛阳度过两个星期的蜜月后,她又回到了自己的宿舍。一个年轻助教挣下的钱养活不了两口人。那么谁来养家呢?妻子可还在上大学。

"怎么了苏梅?你生病了?"凤鸣担心地搭上了她的脉。小马没有回答。整个晚上,两个同伴都听见她埋头在枕头里呜咽。任何安慰都没用,每个人都知道是怎么回事。大家几乎都可以想见,当同学朋友们苗条轻盈地跑进教室时,她却要拖着沉重的身子,然后还带着尿布,抱着个啼哭不止的婴儿。这还怎么完成学业?

这个年轻姑娘压根儿就不敢起床。

"凤鸣,你要不要吃我的馒头?"李小姐和凤鸣分了一个馒头。姑娘们都没有吃饱,她们起身离开饭桌。自从前年的大旱,再加上接踵而至的粮价飞涨,每顿饭只有两个小馒头——年轻人哪里吃得饱!

男生们根本就一直饿着肚子。有些人抽烟,想以此压住饥饿感。还有人通过画画或抄写挣点小钱,然后另外再买点馒头吃。有些同学的老家还没有被日军占领,能从家里得到些帮衬。剩下的人就只能各想办法挺过去。很多人得了肺痨……至于说投敌，跑到日占区，当汉奸，那才没有一个学生会动这样的念头，更别说去干这事了。

一、二、三年级的男生住在西关外用土新垒的大棚屋中。三十到四十张木板床摆成一行，中间摆着桌子。每四个学生共用一张桌子学习。

除此之外，大自然中的广阔天地就是课堂。天气好的时候，人们可以看见穿着绿色校服的男生，他们在西关外的墓地和种了豆子的田地间若有所思地来回游走，手中拿着书，嘴里念念有词地背诵着。

在西关附近还有化学系的实验室，也同样安置在了一幢土垒的棚屋里。年轻的王助教正在这里等着他的妻子。一个大男人走进女生宿舍，还真是有点不好意思，不合礼教，否则王助教上午就会去看她，看看她过得怎样。凤鸣告诉王助教，苏梅生病了，但还会去上第四节化学实验课。王助教有些不高兴，也有些自责。苏梅生病了，这意味着，唉，难道所有的女人都会立刻……就不能等个一年两年，等到情况好转了？其实最好，最好俩人根本就没结婚！

苏梅老远就看到了他，穿着长衫，这让他的身形更显消瘦笔挺。每次见到他总是这样，有一种突如其来的喜悦，一种盯着看、去触摸的冲动。她想感受到他的目光。他黑色的双眸亮晶晶，匀称的身材，柔软的头发，象牙般的肌肤——足够让一个姑娘扭头望过去。但这可不能让人看出来。

"怎么了？"他问道。

"嗯,"她回答,"我有了。"

王助教想隐藏起自己心中的不快,说点什么关爱或鼓励之类的话,但脑袋里却空空如也,而胸中却充满着对她的恼怒。"那么,快开始织些东西备着吧。"这是他能想到的一切,却根本就没顾及苏梅,也没念及她的担心与恐惧!这下她可真生气了。那种长久以来一直缠绕在心头的渴望,把手搭在他肩头的渴望,瞬间就烟消云散。她一言不发地转过身去,走进了实验室。

实验室的设置极为简陋,但也还可以工作。从开封出逃时,理学院除了大量的教材外,也抢救出了绝大部分的化学实验器材。在原木铺就的板床上,放着一排排、一列列试管。酒精灯和炭火盆上正在做蒸馏实验。虽然肯定达不到美国和欧洲的标准,但最重要的实验和分析过程却能够完成。至于说缺少实验材料,反而更能激起学生的兴趣和奋发图强,师生们会用临时凑合的器械去工作和学习。

王助教现在有了空,漫步走过秋天伊河岸边的稻田。他很遗憾苏梅"生病"了。

无论如何,她都是自己的妻子,他也为她感到骄傲。她既能干又聪明,是全年级的尖子生。他们俩青梅竹马,是发小。两个人都住在开封附近,连父母辈的土地都彼此挨着。她父母家有一棵柿子树,两个孩子经常在早上爬到树上,把整个树枝上的柿子都摘光,然后再被父亲骂一顿,因为果子都还没有成熟。这就是那个穿着宽腿裤和长罩衫的小姑娘……

苏梅在从实验室回宿舍的路上,驻足在了高老板的商铺门前。这家店铺布置得很好,她盯着柜台上一匹没有漂白的丝绸细看(这正是挑夫老廖从鲁山挑回来的那些丝绸中的一匹)。这个女学生心里想,最划算的是买上一整匹料子,然后裁剪成孩子要用的东西。也可以染成红色做衣服的镶边,还可以用来做帽子和鞋子。

无论如何,苏梅心里想,这都会是个漂亮的孩子,因为孩子会长得像他爸爸。她仿佛已经看到了孩子躺在自己怀里,穿着白色的丝绸小衣服,戴着红色的小帽子——你的父亲会爱你,永远不会离开我,因为我生了你。

野战医院

挑夫老廖把一担丝绸交给了高老板后,踏上了返回鲁山的漫漫长路。这次,他的担子两头挑着装了木炭的两个筐子,各三十斤重,都是难路县城周围山上农民烧火要用的东西。冬天要来了,木炭涨价了。在鲁山,这两筐木炭能卖个好价钱。

离难路县城不远有一条官道,过去几天因为大雨而变得泥泞不堪,大道上迎面走来一队病恹恹的新兵,他们要被带到离洛阳不远的一座野战医院。就连像挑夫老廖这样的老江湖,在经历了多年抗日战争、十年内战、饥荒、旱灾和水灾之后,现在看到的对他而言也是阴森恐怖的一幕。这些穿着草鞋的士兵拖着浮肿的双脚在烂泥路上挪动着。他们穿着夏季军服的短裤,裸露着双腿,腿上沾满了污物,还因为生疮癣而发生了溃烂,仅仅用一片灰色的纸或树皮裹着伤口,从里边流出脓水。这些行路人的脸上写满了伤病、饥饿和疲惫。这是会让人联想起疟疾的苍白脸色,这是因为营养不良而恶性水肿的脸庞,这是因为伤寒和斑疹引起的发烧才通红的脸庞,这是消瘦的肌肤,肺痨的干咳,这是患痢疾后腹泻一空而倒在街边抽搐的人。

在这队的末尾还走着十几个盲人,被一个能看得见的人牵引着。他们排成一队向前走,后边的人扶着前边人的肩头,这样才能找到前进的路。

老廖是个朴实而且没有受过教育的人。他不知道什么是卫生,也不知道什么预防措施,更不知道现代的护理知识,他只知道这里的每个可怜兮兮的人在半年前还是健康结实的后生,否则也不会被征召入伍。士兵的命运该是多么的可怕!

老廖没有继续操心军事方面的情况,只想着尽快离开这队龌龊不堪、臭气熏天的鬼魅。清新寒冷的山风不但冷却了他发热的肌肉,还吹散了这可怕的一幕带来的忧虑。保持健康和强壮,呼吸和感受清新的秋风,这才舒坦。就凭自己的一副铁肩膀,没有他担不起来的挑子;而凭他的油滑,也没有应付不了的买卖。他,老廖,拥有的是生活,而那些可怜的伤兵却只能等死。

走在返家的路上,挑着整筐木炭的老廖大声沙哑地唱着自己熟悉的一首歌。在没被占领的自由中国,每天军事训练场上早晚点卯时,都能听到这首名为《三民主义》的歌,唱的是三民主义中每个人的自由、自主和民生。①

当他看到鲁山周围防御工事的战壕时,心里对战况感到一些恐惧和怀疑。不过一进城,这种顾虑就烟消云散了。城里没有一点战争气息,也根本感受不到饥饿。这里展现出的是一派祥和的景象,就算在全面抗战的第七个年头,国统区的省政府要员和军队里的高官依旧过着歌舞升平的日子。

县城的主街上一副安居乐业的画面。就连在上午,餐馆也大开门庭,坐满了兴高采烈的食客。跑堂的端上来四大碗、五大碗、

---

① 原文如此,应当是作者对三民主义中民族、民权、民生的理解。——译者注

六大碗。每上一道菜,都会反复唱出菜名。就连饭后的打赏也被在整个馆子里大声报出。"气锅鸡一份""火爆腰花一盘""广东腊肠炒鸡蛋""红烧肉炖白菜""八宝饭""打赏十块""多谢您啦"。

就这样,老廖嘴里嚼着一块干馒头,挤向通往集市的路,耳边还回响着饭馆里的喧嚣。他孩子的命和他的命一样硬,他要把木炭卖个好价钱。所有这一切,都是好日子的预兆和回声。

去年夏天,年轻的肖医生刚从河南大学毕业,开始在洛阳的125野战医院上班。这座野战医院修建在一排窑洞中,这些窑洞挖在黄土高原上。这种方法很好地经受住了战争的考验,因为还没有哪次轰炸能够摧毁这种地下甬道式的住房。窑洞里总是干燥的,而且冬暖夏凉。采光和通风都是通过门、竖井和窗户。在分隔开来的小窑洞里,布置有厨房、医务室和手术室。

肖医生和他的几百个同学一样,刚完成了战时艰难的学业。一年级的时候,他还能在开封设备完善的本校学习。接着日本人就来了,也就是说,他不得不打好行李,跳上牛车,整日行进在坑坑洼洼的乡间道路上,吞下灰尘和苦涩。这座大学曾两次安置在看起来安全的地方,但因为战线越来越近,又两次重新迁移。后来,学校在难路县城过了几年相对安稳的日子。在临时搭建的大学校医院,肖医生完成了实习。他的老师们都受过良好的教育,是经验丰富的医生。他们给予了学生自己的一切:基础扎实的解剖学、系统的病理学和一种信仰,即坚信一个好医生就算在简陋和落后的条件下,哪怕是在传染病区,也能够做出很多善事。

带着这样的信仰,肖医生走上了125野战医院的工作岗位。不过,在工作一个星期后,这个信仰就已经不见了踪影。他的同事们,也就是那些军医官,都是些半瓶子的野战伤科医生,掌握了一些相关知识。如果需要的话,他们也能做截肢或者取出弹头的工作,也能诊断诸如肚子疼或斑疹、伤寒之类的伤病,但要让他们治病疗伤却根本不可能。他们的工作就是每天早上穿着白大褂走过一排排散发着恶臭、长着虱子的伤病员。要是有谁呻吟的声音太大,就来上一片阿司匹林。伤病员被重新包扎,冻伤的脚被截肢。那些得了痢疾、肺痨、脚气病和饥饿水肿的伤病员就让他们躺下,就那么躺着,直到死去。

肖医生曾经试图自己想办法对伤患采取治疗,但在失败了几次后他反而明白了一个道理,就是那些军医官也不是错得离谱。那些步行几个星期来到医院的重病号毫无希望,最终还是没有救活。只有最精心的照料和细致的饮食调理才有可能救下他们,而这种条件此地根本就不具备。这里只有一些整天加班却又没有受过专业训练的护工,他们忙得连给病号送点水喝的时间都没有。而所谓的病号饭,根本就是用劣质的军粮加上些白菜帮子在凑合。

"你的初衷是好的,"野战医院的院长对肖医生说道,"您是一位专业医生,自愿来救治我们的伤兵,可是我们什么都做不了。我们的医院太穷了。"院长和驻扎在洛阳的军队高官的关系不错。所有像他这个职级的人,都会巧妙地倒卖军粮,卖掉红十字会的药品,然后用这笔钱去和几个小老婆在洛阳的酒肆里挥霍。人人都知道,这是件再自然不过,也再正常不过的事了。这就像春天有大旱,就像夏天黄河发大水,就像秋天起蝗灾。"

肖医生在125野战医院接手的那些病患,就是挑夫老廖在路上遇见的伤兵。他在给女朋友的信中语带讽刺地写道:百分之五十的伤兵都熬不过头两个星期,剩下的百分之四十也会在接下来的两个星期里死掉,只有百分之十的伤兵能幸运地闯过鬼门关。肖医生的女朋友是个在难路县城学医学的女大学生。

面对这种无法看透本质的弊病,肖医生感到无能为力。他在不引人注意的情况下,也会去尽力救助生命,这里救一个,那里救一个。但当成千上万的人失去生命时,这又算得了什么呢?

战时陪都重庆送来的报纸上,用大字标题报道了国外的红十字会运来的医疗物资已经抵达。这些药品去了哪里?那些加拿大妇女为中国士兵捐助的食品到了哪里?肖医生休假时走在洛阳的马路上,在那些高档药房里看到来自英国的磺胺和来自美国的奶粉时,自然可以将这两件事联系在一起……难道这就是三民主义在现实中的样子吗?

一所能够抗得住轰炸的医院加上一位拥有满腔工作热情和爱国情怀的医生,却窒息在贪污腐败的泥沼中,那么二者相加的结果也只能是徒劳和枉然。

革命者

李小姐收到了肖医生描写野战医院情况的信,她就是难路县城里女大学生马苏梅的同屋。肖医生和李小姐是同乡,老家都在河北省,离北京不远。那里的人只要一张嘴就能被听出来,因为他们说一口纯粹地道的普通话,这是中国最好听的语言。他们讲的普通话有"五声",所以同样的一个元音在正确的音调里就会包含五种不同的意思。① 中国最好和最著名的戏剧以及最受欢迎的语言教师都出自北京。那么两个来自崇尚教化的首善之地,在这山寒水苦的河南走到一起,是再自然不过的事了。

在难路县城还有第三个北京来的人。这是一位大概四十来岁、十分儒雅的男士,出身河北的名门望族。他的性格看起来豁达友好,穿着拖到脚的棉袍大褂,戴顶皮质的圆帽,脚蹬一双软布鞋,看着与这座小县城也算般配,但在过去的一段时间里,他家里似乎出了些变故。

此人是大学里的德语教师常道伟先生。他自称大卫·常,因为曾在国外生活多年,还曾留学过德国和法国。在从容举止和优雅风度的背后,人们可以感到一种西方人所特有的急躁性格。不过,还有那么几个人,至少是大学校监马先生和警察局长夏先生,

---

① 原文如此。——译者注

觉得他身上还隐藏着其他什么情况，甚至是某种威胁。虽说现在还查无实据，但他们还是怀疑这位教师和一年多前因为思想问题而被逮捕的那二十多位文学院的学生有牵连。尽管怀疑，但一群文学院的学生和老师聊聊语言方面的问题，有什么不正常的？至于他们是否还聊了诸如共产主义和内战之类的违禁话题，那又有谁知道呢？不过就常先生的出身而言，他几乎可以对所有怀疑都嗤之以鼻。他的叔伯曾是最后一个皇帝的部长，而他的父亲曾是著名的北京燕京大学校长。

他的叔伯死得早，但他的父亲和母亲还健在。而正因为这二老，大卫·常才会身陷河南的一个小山沟里动弹不得。

就连最好的家庭也难免受到不良影响。

作为一个老共产党员，常道伟结束国外的留学生涯回到祖国时，已经是全面抗战的第三个年头。他随即前往延安，希望从事教育和教学方面的工作，这里是红色中国的首都。他把留在父母身边的老婆孩子也接到了这里来。

大家开玩笑称常先生是外国人，他离开中国很久后，的确需要重新认识自己的国家。很多事情都已经天翻地覆，但也有很多事情一成不变。同样，他自己也有了很大变化，但也可以说还是原来的那个人：这是一位来自河北却穿着洋装的老式中国人。虽然他把自己的精力完全倾注在工作中，但在陌生的陕西还是觉得不习惯。对老家的口音、饭菜和人的思念越来越强烈，而老家就是父母住的院子，现在却在日本人的占领之下。

当他的兄弟托人转告，母亲现在体弱多病，而父亲已经不认他这个儿子，把他当成了不孝子，怪他在离家十年后还不回家见双亲最后一面。在这一刻,悔恨和思乡之情一起袭上心头。尽管朋友们都反对,尽管妻子也苦苦哀求,他还是请了假,从延安踏上了返乡之路。从边区进入日本人统治的占领区并不是特别困难,其实回程也本该一帆风顺。但常先生被家人劝说,在老家多住了些时日,而且返回的路上又顺道去看望了在洛阳的姐姐。

家乡的几个星期使常先生流连忘返,这里虽遭日军占领,但还保持着原来的模样,还能找到记忆中儿时的痕迹。不过也就在此时,共产党和蒋介石在重庆关于贯彻三民主义的谈判破裂,其结果就是重庆的十万中央军在边区周围布置了封锁线,禁止商旅通行。所以,正在返回延安的常先生被困在了半路上,只好接受了找到的第一个职位,也就是在难路的大学里当老师。到现在已经几乎三年,但封锁线还是铁桶般地包围着边区。这位革命者依旧被困在难路县城,虽说离延安和自己的家庭只有几天的路程……

这部短篇小说的故事情节发展到这里,就要另外介绍一下当时中国的政治生态。

在战争年代中,并没有一个统一的中国,而是四分五裂的三个互相攻击的部分:

第一部分位于中国北部和东部,是最富庶的地区,已经在抗日战争中被日本人占领,现在这里驻扎着日军和他们的伪军,也就是汉奸部队。这里是被占领的中国,是汉奸汪精卫的中国,他们与日本人沆瀣一气,其中心是南京。

第二部分位于西部和西南部,战时首都是重庆,由蒋介石领导。

第三部分是共产党领导下的位于中国西北部的红色边区,这一地区是在抗日战争中发展起来的,有八九千万人口,其中心是延安。

蒋介石和共产党之间的对立早已存在,并延续了很多年。冲突的焦点在于年轻的中华民国应该走哪条路,是继续维持地主和贪污腐败的官僚体系占主导地位的封建社会,还是如同孙中山所倡导的三民主义,推行伟大的土地改革,促进中国的统治体系的民主化进程,使中国成为一个真正独立、自由和现代的国家?

共产党人建议走第二条路,而蒋介石选择了第一条路。在抗日战争开始时,因为整个国家都还处于爱国主义的热潮中,于是国共两党形成了抗日统一战线。但这个统一战线在两党面对上述的原则问题时,就很快破裂了,简直就和结成同盟时一样突然。对内进行改革以及民主化进程并没有实现。蒋介石越来越觉得,当务之急应该是用主力军队消灭红色边区,要让边区对他们自作主张进行的土地改革负责任。于是,两党之间的冲突越来越多地见诸报端。

现在形成了这么一种现象,正当中日两国以死相拼时,在国内还有一场非官方却同样恐怖的内战。而之所以说是非官方,是因为从官方的角度讲,抗日统一战线依旧存在。而这一场非官方的内战将这个正在流血的国家分裂成了三个部分。

安宁祥和的小县城难路正好夹在这种错综复杂的政治关系中间,虽然隶属于蒋介石政权,但离日军前线和共产党领导的边区都不远。在难路县城,头顶上的云已经开始聚拢,但在绿色的田野中还未曾投下一片阴影。

我的家乡

常道伟先生是前清部长的侄子,同时又是延安红色边区人民政府的教育秘书(大学的马校监和警察局的夏局长当然对此一无所知,但也有了一些猜测)。他现在是小县城难路里大学的德语教师,正坐在学生写的作文前,用红色墨水批改着语法错误。他的心思并没有放在批改作业的笔端,而是希望在姑娘们和小伙子们并不熟练的字里行间,找寻这个国家年轻人的思想脉络和他们的命运。这里是他读到的几篇作文。

第三学期学生,陶清河的德语作文:

我的家乡在河南的辉县,那里有高山、大河,土地肥沃,还产许多优质水果,所以我热爱自己的家乡。但现在我的家乡被日本人占领了,我已经五年没法回家了。

女生刘沛生写的德语作文:

我家在河南内乡。家里没有多少地,地里长着大麦、小麦、大米、豆子、棉花和土豆。我父亲十年前去世了,但母亲还在,我只有一个哥哥。他是个乡下人,在家务农。我家里穷,因为家里没钱,地也少。

二十五岁的文学院女生唐若婉的德语作文:

我的家乡在河南的一座小城。我们家在城郊有农田,地里种了萝卜、豆子、花生等等。我的父母八年前去世了,我还有两个哥哥和一个妹妹。大哥是做生意的,二哥当兵去了,我妹妹住在姑姑家。伯父是个工程师,三年前他去了内乡,在那里修建一座河堤。

因学业优秀而被表彰的学生芮文宇:

我的家乡在河南叶县,那后边有一条大河。我们住在一座小村庄的南边,家门口有两株大胡桃树,我们经常在树下玩。我家里有七口人,母亲、大哥、大嫂、妹妹和我的小侄女,还有一个女佣。父亲一年前去世了。母亲五十一岁,特别喜欢我的侄女,总是给她讲故事。只要母亲高高兴兴,全家就总是欢声笑语。

我的妹妹在师范学校上大学。她很幸福,根本不知道世事艰辛。我大哥30岁,每天都在田庄里干活,很辛苦。我家很幸福也很欢乐……

理学院的杜兴仓,一个爱上了女同学的男生:

今天晚上我和同学聊天。他说:"我很难过,不想活了。""是啊，"我笑着说，"我也一样。"要是我们没课的话，会在河堤边散步。堤坝边有许多绿树，树上有鸟儿在歌唱。男生和女生在水边洗漱。太阳照，河水流，暖风吹。这一切多么美好！一个漂亮的女生也在水边梳洗，她的脸庞是那么的美丽，像一朵盛开的花朵。

五年级的医学生刘岐山得了轻症肺结核，他写的德语作文：

一个朋友说："你们的日子真好。"他是位老师，家乡被日本人占领了。他既没钱，也没饭吃，生活不幸。他只有几件衣服。"我是个叫花子，没有希望了。除了呼吸的空气和喝的生水，我一无所有，"他哆嗦着说道，"你们大学生真幸福。"

但我的同学却说："我们的日子不好过，也不幸福，每天都有八个钟头的课，而且还经常忍饥挨饿。"

这些都不重要。我愿意为学习付出辛勤的汗水，因为幸福就在汗水里。

常道伟久久地坐在学生的作文簿前。他觉得，自己的学生们双脚在家乡田地生根。他们虽然是难民，但不是什么流亡者。他们是生活在自己国家的人民，清楚地知道自己想要什么，什么才最重要——那就是麦子和大米，家庭和幸福……

常先生想起了自己在旅途中认识的西方大城市里躁动不安的年轻人，心中几乎感到了一种对他们浮躁人生的同情。而在我们贫穷的河南，这些男孩子和女孩子没有电影院、汽车和电灯，更不知享乐与财富为何物，但他们所传承的文明，却是千金不换。

通往认知的道路

在常老师的屋子里,摆着一张上了漆的桌子、两把椅子、一个保温瓶、一张板条床和一个炭火盆。医学院的女学生李小姐走了进来,她留着又长又黑的卷发,刚好遮住脖颈。这次她来,并不是作为一个学生来找语言老师讨教专业问题,而是来向一位年长且值得信赖的同乡寻找人生建议。她带来了肖医生的那封信,信中描写了渑池野战医院里惨不忍睹的情况,同时也提出了任何国家的年轻人都会问到的一个问题。如果她看到自己的信任被辜负,看到生活是如此残忍,并不像我们在学校里所梦想的那样,该怎么办?

常先生顿了顿才开口回答。他回想起自己二十年前在上海上大学,当时也向一位年长的朋友提出了类似的问题。那位朋友循循善诱地引导他走上了通往认知的道路。到后来,生活变成了战场,成了善与恶、过去势力与未来势力相较量的战场。

二十年前的中国是一副怎样的面孔?那是一个假大空的庞然大物,一个帝国主义手中的玩物。今天呢?在今天,我们国家的一部分,几乎拥有一亿人口的一部分,已经变成了一股钢铁的力量,变成了一种世界奇迹,就连英国和美国的记者都飞去那里,想一探究竟。他们想去探索,想去接触,想去感受。哪里有骗局,哪里有诡计?就连伦敦的《时代》杂志和纽约的《时代周刊》的记者也不得不承认:没有发现什么阴谋诡计,事实看来果真如此!那些乡巴佬一样的农民用他们可笑的武器干成了一件大事,我们只能估计一下其意义和价值:这里可以说是积贫积弱,却凭一己之力重新振兴。三民主义在这里真正得到了实践。农民用心尽力耕作自己的土地,所有的人都有饭吃。士兵吃得饱穿得暖,被人以礼相待。他们全力以赴地投入对敌战斗,给敌人以迎头痛击。这里政治清明,因为领导者受到人民的监督,而蒋介石的统治区却腐败堕落不堪……

"你瞧,如果你想面对未来的话,就应该朝那个方向看!"

"但还有一件事我不明白,"李小姐问道,"中央政府一塌糊涂,只有在红色边区才欣欣向荣。但我们在中学的时候就学过,蒋介石才是那个统一了这个国家的人,而且是他在领导抗日战争。难道这不是真的?你们自己,你们共产党人,也都正式承认他的领导权!"

常先生笑了笑:"我在国外时,正值战争爆发。有个爱开玩笑的朋友问我:'你们的蒋介石会朝哪边倒下?向右还是向左?'遗憾的是,蒋介石倒下了,而且倒向了错误的方向。他忘记了自己的民主建国方略。他把自己的主要力量用来对付我们,而不是与日本人战斗。他的手下叛变投敌时,他却视而不见。但只要在这场战争中,我们与之战斗的是同一个敌人,只要我们不放弃希望,就相信蒋介石会有改邪归正的一天,所以我们一直承认他是我们的最高统帅……"

"你相信他还会回到正路上来?"

常先生又微微笑了笑:"如果我们督促他……如果他不把自

己出卖给外国,也许……"

"我还能再来这里向您请教吗?我还想继续和您聊聊这个话题。"李小姐在告别的时候问道。

"不行,小李。"常先生用火钳子捅了捅陶土盆里的炭火,"我这里比较危险,有人在门口监视。但请你认真考虑一下我今天对你所说的话。你不用做什么,只需睁开双眼,看看自己的周围。真相到处都有。"

从阳历的一月一日到二月,也就是在阳历新年和真正过大年的阴历新年之间的这段时间,难路县城的马路还冻得梆硬。无论男女,大家都还穿着棉大褂和棉裤。现在,卢生已经真真切切地获悉自己要当父亲了,他手里拿着绿得发亮的料子,上边缀着红色的花朵,这是他给妻子送的礼物。这位年轻的大学杂役怀着愉快的心情,走在赶回庙台子老家的路上。

但是,在家迎接他的却是特别的冷淡和尴尬,没人说话,妻子不敢看他一眼。这时,家里的"小乖乖",也就是大哥的小女儿大声喊道:"当兵的来过了,三叔,你要去打仗了。"从母亲脸上畏惧的表情和二哥尴尬的神色,卢生察觉到有什么事不对劲儿。妻子把他拉到一边,偷偷告诉他家里发生的事情。征兵处的人上门来领二哥服兵役。这家伙先是毕恭毕敬,请几位官差先在家里宽坐,然后让老婆上茶。而他利用这点时间从村里的馆子里叫了满满一桌鸡鸭鱼肉,外加烧酒。家里的女人在吃饭的时候都不在场,但是卢生可以想象接下来到底发生了什么事。不管怎么说,现在放在中间屋子里桌子上的征兵文件,写的是卢生的名字,压在本来写着新年祝福的春联下。

一大早,卢生建议二哥把家里贮藏的麦子卖掉,这样就可以把自己从拉壮丁的那里赎回来。但是二哥恶狠狠地一口拒绝,难道他家到明年夏收前都要去靠讨饭活命吗?

因为父亲已经去世,大哥又在战争中失踪,按照中国的习俗二哥就成了当家做主的,拥有家里的决定权,所以卢生只能服从。他心里忐忑不安,从东门走进难路县城,想去拿回自己的东西,然后向学校报告离职。

县城东门的墙上绘着龙,还画着历史上的战争场面。在这里,卢生遇见了常先生,常先生认识这个给学校打杂的男孩,也很喜欢这个既聪明又勤奋的年轻人。看见他面色憔悴,就知道他在生活中一定遇到了什么糟糕的事情。于是,在常先生的开导下,卢生倾诉了心中郁积的一切。二哥自己没有孩子,因为他当兵时在妓院得了花柳病,然后还传染给了妻子,这件事全家都知道。二哥嫉妒快要有孩子的弟弟,想把弟弟从家中赶走。就因为这个可恶的二哥,卢生现在不得不赴死。虽说情况不同,但他也提出了那个女学生李小姐对常先生所提的问题:该怎么办?

面对这样的年轻人,常先生同样也会循循善诱地引导他们走上认知的道路,给他们的艰辛生活提出一些简单的建议:"就算当兵,也不要忘记你是个农民的儿子。你要是殴打农民,他们会记恨你,那么要是有一天你躺在人家门口,就差那么一口气,别人也不会搭理你。但你要是帮助和保护过他们,他们会把你当作自家兄弟,在你生病的时候搭把手。即使面对敌人不得不逃命时,也不要丢掉武器。可以从背后偷袭敌人。仔细想想当官的对你说的话,要提防他们。要信任你的战友,就像信任你自己一样,要和战友们同甘共苦。"

在自己的生活中,卢生还从来没有听过这样的话语。要不是害怕丢人,他真想就在这里,就在这冻得硬邦邦的马路上,在绘着龙纹的东门前,给常先生磕个头,就像春节在祠堂里拜祖宗牌位那样。

这一席话改变了卢生,第二天参军时,他心中已经没有了对死亡的恐惧,而是面对任何敌人也要活下来的希望。

卢生家那块耕种了三百多年的地,并不是自己的产业,而是从高家租种的。地主就是那个做生意的高老板。几周前,马苏梅曾在他家难路县城的店铺里买过给婴儿用的丝绸。

高老板是个特别的人,整天站在大街上望着天。店铺和家里的事情都由两个老婆,也就是大老婆和小老婆去打点。

高老板可不是个简单角色。就算平时在这个卖杂货的小铺面里挣不到什么钱,他还有其他不少发财的路径,那才是他心中切实记挂的。比如说打麻将,哪怕晚上六点半就开局,但玩到第二天早上六点钟也不停手。这样打一宿麻将,要么两个老婆中的一个,要么是厨子就要陪着熬夜,伺候那些打牌打饿了和打累的牌友,帮他们恢复精力。

其实,他还有些私底下的大宗生意往来(嫉妒他的人称其为走私)。这种大宗生意包罗万象,从鸦片到手雷,从士兵的绑腿到军粮都包括在内。对待这种大宗生意,高老板向来勤勉有加而又不失灵活。一个现代的走私犯才不会在夜深人静的时候冒着生命危险,偷偷摸摸地通过边境。他另有高招。要是运气好,在县城里设立的关卡上,甚至在更高职位上,坐着的当值官员正巧是麻将桌上的朋友,或者还可能是好客的高老板家宴上的宾朋,那什么事还不都顺顺当当妥妥帖帖了?

对于一些不值一提的偏见,高老板完全不在意。他宽广的胸怀同样容得下敌人和朋友。只要有生意做,只要能捞到好处,那么无论什么人,他都会殷勤接待。

高老板是难路县长的好友,也是渑池125野战医院院长的至交。而且还通过县长的介绍,和当地大学的理学院院长张博士交上了朋友。张博士身材富态,是个懂得享受生活的人,还拉家带口一大家子。这使得他的钱永远不够用,总是捉襟见肘。面对这种窘境,他去求高老板支招儿,于是高老板传授给这位教授一些立竿见影的法子,比如让他从派发给学院的一百袋面粉中截留一袋。不过高老板和张博士都忘了,难路县城里的大学可不是新兵的兵营,更不是野战医院,中国的知识分子有着雪亮的眼睛和传统的心灵……

新年

就在新年即将来临之际,理学院的教授委员会爆发了驱逐院长的事件,因为教授们的粮食总是缺斤短两。张博士不得不递交了辞呈。物理学家唐先生被选为继任者,这是位文雅且有主见的先生。所有人都拥护他,他也不会激起任何人的反对。唐先生答应接手这个职位,因为拒绝别人让他很作难。"但是,"他微笑着说,苍白的脸色更显疲惫,"我担心自己的性格和这个职务不合。"大家都知道,唐先生连自己的四个儿子都镇不住。这四个野小子是全城最闹腾的一群,只有女儿媛蓉随着自己父母的性格,安静温婉。唐教授去年夏天不得不把她从洛阳的中学接过来,因为实在没钱支付女儿的学费,现在只好让她在实验室里当实验助理。

就算在最艰难的岁月,人们也有权甩掉忧愁,去嬉戏,去过大年,去把酒肉摆上桌子。新年到了!有钱人家会在门口用馒头打发要饭的。就连士兵住的板房里,锅中的肉也煎得吱吱作响。农家的孩子们穿着大红大绿的新棉衣到处跑。在大学和西门之间的空场上,成百上千的人涌入了寒夜。大学剧社要连演三个晚上,每晚六个钟头。锣鼓和清亮的小提琴唤醒了童年的记忆:村头的布偶戏、糖果点心的香味、蒸肉包、裹小脚梳着高发髻的七大姑八大姨、圆桌上彩色的碗、穿着新衣服的婆姨。苏梅挨着丈夫站在人群里,她很讨厌别人让她给祖宗牌位磕头。这让她很反感,觉得破坏了整个节日气氛。"我们的孩子再也不用顾及这些东西。"她心里想,同时又被一种不断袭上心头的焦虑所折磨。上次在实验室门口的那一幕已经过去了两个月,但心中的苦涩依然无法释怀。他们俩彼此礼貌相待,她和丈夫,但是那种柔情不再,那种将她们俩推到一起的澎湃激情变得拘谨、刻意,正在被遗忘。

舞台上的伴奏热火朝天,主角走着台步。

"你哭什么?"王助教问。

"我想起去年的新年,那时候我们自己也在演戏。你还记得吗?每天晚上都要排练,但我们那么幸福,因为可以无忧无虑地在一起。"

"我现在还没毕业,"王助教靠近了妻子,"但我有个好消息要告诉你,苏梅。唐教授想在西关边上的小庙里建一个物理实验室,我成了在编的助教。这下我就有两口人的官粮。"

"也就是说,我们可以住在一起了!"苏梅欢呼起来,"唐教授是个好心人。我知道他会帮助我们。一个物理实验室,几年来我们都想建一个物理实验室。但你们怎么搞到的实验材料,还有那些设备?"

"自己制作,我已经开始制造一个航空模型了。重庆的新书终于到了。嫒蓉给我们打下手,她很能干。"

"哪个嫒蓉?"

"实验室助理,唐教授的大女儿。你不认识她?她站在那里。"

"那个漂亮的小个子姑娘?"

"漂亮？我根本没注意到。"幕布升了起来，舞台上收拾得干干净净，浓妆重彩的女主角走上了舞台。

媛蓉和爸爸妈妈连同四个兄弟一起来看戏，这些孩子一直到凌晨两点演出结束才肯离开。虽然周围都是欢天喜地的人群，但唐院长心中还是空落落的。在舞台上，年轻的爱国者和美丽的女特务正演对手戏，而唐先生却陷入了沉思。这个职位给我添了多少麻烦啊！原来自己有五个孩子，现在是五百个。每个孩子都要喂饱，管理，照顾。肚子要馒头，书本要纸张，而同事之间的倾轧与算计也已经上演了。

乙炔灯熄灭了。成百上千的观众既兴奋又疲惫，大家拖着冻僵的双腿，走上了回家的路。二月的夜晚清冽生硬。山风带来了降雪，也吹来山谷间第一抹绿色的味道。

唐先生让孩子们先走，自己和妻子慢慢地穿过昏暗的小巷。他感觉仿佛卸下了心中的郁积：他沉醉于过去的时光、明朗的星空和凛冽的寒风。新年！过年！要高兴，把酒肉端上桌！

"我觉得初三那天要再做一桌年夜饭。"

"太好了！"

这位裹着小脚的女人是在结婚后才学会了读书识字，她很喜欢这个主意。她是一个出色的家庭主妇，根本没有注意到，丈夫今年出于节约的目的，想要取消传统的年夜饭。她立刻开始盘算："和去年一样，四碟冷盘，然后是卤口条、栗子炖鸡、牛心、莲藕汤。""猪肉炖粉条和火锅，还有元宝蛋。""还有小舅子送来的鱼，做糖醋鱼。"谁说我们国家穷？栗子炖鸡、糖醋鱼——一年就庆祝一次新年，把柜子里的最后一分钱也掏出来！

十位来拜年的客人围坐在圆桌周围,四位教授和他们的夫人,一位助教和一位讲师。大家用小盅喝着烫过的酒。喝啊!吃啊!美味佳肴就是为了让人们能大快朵颐,但没人能真的兴高采烈,因为大家都不知道:明天一袋面卖几百块钱,明天敌人会……喝好!吃好!忘掉担忧!先生们穿着长袍,女士们穿着黑色的丝绸。大家一边喝一边笑。干杯!先干为敬!

唐先生取来了水烟袋。只有在遇到什么特殊的原因时,他才会抽上一口。渐渐地,客人们聊起了令人倍感压抑的话题。战况到底如何?我们的军队怎样?我们还扛得住吗?

"敌人越过了黄河,"当中一个年轻人解释道,"报纸上没有任何报道,但我小舅子从郑州来,他告诉我的。"

唐先生抽了一口水烟,不耐烦摇了摇头说:"不要相信这种谣言,我们国军守得住前线。"

其他人也点了点头。

常道伟几乎是不情愿地开了口。其实对他而言,还是老话里的"慎于言"才重要,聪明人要竖着耳朵听,让别人去说。不过他喝多了,因为他喜欢这种酒,就像喜欢所有能增进交往且愉悦身心的东西。他没少和唐院长划拳,两人乐此不疲。这是一种行酒令,靠的是反应和速算的能力。唐先生赢了,所以常先生根据行酒令要连续多干几杯烈酒。结果现在的常先生就像老话里说的:酒后吐真言。

"我在一张重庆来的外国报纸上读到,"他说,"日本人在策划一场大攻势。因为在太平洋战场上,美国人赢了一场海战。日本人担心他们在海上与南洋占领区的联系会被掐断,所以需要中国大陆上的铁路线,这样能在必要的时候从陆上支援在印度洋地区的日军,运输军需物资。而通过洛阳的陇海铁路,是自由中国里最后一条重要铁路了。这些消息都能在外国报纸上读到。尽管如此,汤恩伯和其他将军没有在备战,整个河南的前线也没有准备,都忙着和伪军在做生意,同时让他们的精锐部队在黄河边封锁共产党。"

客人们突然都沉默了下来,在这种沉默中,常先生察觉到自己言多必有失。这已经不仅仅是社交活动中举止失当的"不好意思"了,这种情况给说话的人和听众都带来了危险。于是,做东的唐先生微笑着站起身来,用烫好的酒壶又给大家满上了一杯酒,这么做是帮客人圆场,保全面子。"随便那些外国报纸怎么说吧,反正他们什么也不懂。我有可靠消息,我们在河南驻扎的军队是日本人的五倍。就算日本人敢进攻,那躲在这山旮旯里的小县城难路,也不会出现一个日本鬼子!"

席间响起了满怀喜悦的掌声,掌声驱散了那位北京的常老师带来的晦气和造成的尴尬。

唐院长家里有两个人没有听到常老师那些犯禁的话,就是物理系的王助教和实验室助理唐媛蓉。姑娘在外边的厨房帮妈妈打下手。说是厨房,其实仔细看来只不过是用泥土在院子一角垒的灶台,三面用木板搭了个棚子。现在母亲也坐在了屋子里,端起了酒杯。姑娘把几个野小子赶上床睡觉。然后王助教和请客的唐院长的女儿在外边土灶那里聊天。火上煮着沏茶用的开水,在铁壶里沸腾着。两个人礼貌而客套地交谈着,聊物理,还聊上次的演出。话语中流露出了一种带有信任感的弦外之音。苏梅觉得这个小姑娘漂亮,王助教心里想。是的,她长得的确不赖。柔和的身段,纤细的眉毛,就是太害羞了。我该多和她聊聊,鼓励鼓励她。

同样,这个姑娘心里也不平静,她很少和这么一个聪明且受过良好教育的年轻男士聊天。心中燃起一丝嫉妒的火苗,嫉妒那个变得又老又丑又笨拙的马苏梅。

逆转

在 125 野战医院年轻的肖医生的生活里，渐渐发生了些变化。那些野战医院的军医官，也就是他的同事，想带他一起去消遣，去高档餐馆打牙祭。这是大家平常想都不敢想的，算是用可口的饭菜来补偿一下军粮饮食的粗陋；或者夜间去哪个医生的房间里打麻将，要么就是去洛阳的澡堂子里泡澡，那里不仅能洗热水澡，还有能换换口味的姑娘。肖医生一概拒绝了，不过他的拒绝得罪了同僚。

之所以对此不屑一顾，肖医生自然有充分的理由。这个小圈子里的一顿饭就顶得上近一整个月的工资，让一个穷得叮当响的军医怎么招架？无论如何，那些聪明伶俐的脑袋总是能找到见不得光的招数，去改善可怜的收入，所有稍微狡猾一点的人都会使用这些手段。

比如说红十字会的药物。给那些龌龊不堪、长满虱子的伤兵用上精美昂贵的洋药，这不是糟蹋东西吗？反正这些伤兵行将就木，不是今天就是明天会死。把一部分药品挪到边上，借此改善一下自己糟糕的生活，这难道不是更为理性吗？

还有那些军粮。每天都有病人死去。难道真要把所有死者的姓名都登记造册？难道不能把几个死了的还当活人登记，然后冒领这几个人的口粮？这又会妨碍谁了？那帮穷鬼怎么都是个死,麦子就在那里,要是我不拿,还有别人会拿,而别人未必就像我这么急需。

肖医生思考着,心里想着他的病人。他竭尽全力维持着与同事们的关系,不然会失去在医院里的权威。那样,他以自己更好的职业素养为基础,在医疗方面所做的一些改革,也都会打了水漂。

偷?呸!谁说这是偷?在中国,每个人都这么做,除了那些愚蠢的农民和几个可笑的大学教授。谁不那么做,那他全家都会饿死,而且还会让人怀疑他的政治动机。一个人出于什么动机,才会去过一种"纯洁"的生活?除非是为了政治宣传。这边藏一小瓶药品,那边在名单上随便做点什么手脚,要么再搞一些军队的冬装,毕竟那些暖暖和和只能躺在床上的伤兵要什么冬装?或者在什么地方记入一笔没有执行的修理费。原本用来支付军饷的钱,先放在银行里存上个一段时间,这样能挣点利息……所有的这些方法都是绝对安全的。在蒋介石的中国,还没有谁因为这种事被关起来。

肖医生发现,在这个圈子里,一群人比一个人过得好,红烧肉比煮白菜的味道好。哪怕是因为通宵打麻将,然后第二天一大早查房的时候就随便应付一下差事,也没人会因此去责怪这个年轻的军医。都知道他刚下了班,这么辛苦,谁还不想去放松一下?

李小姐写来一封信,说春节的时候要去看望洛阳的一个叔伯,希望能在那里与他相见。肖医生并没有对这个消息感到特别高兴,大学时光似乎已经很遥远,成了现实的反面。一个单纯沉浸在书本中的女孩子,能知道生活实际上是怎么回事?!

李小姐找到了他,脑海中充满和激荡着常老师此前对她讲的话,却一头撞上了一堵冰冷、麻木和沉默的墙。曾经梦想一个自由、富强而且是为大众服务的神圣人生,现在飘散零落成了动摇的碎片。才刚见面半个小时,两个年轻人就惊恐地发现,无论是面对当下还是未来,彼此之间已经毫无共同之处。只有过去记忆中遥远可亲的河北,还像枯萎的纽带,松垮垮地缠绕着两个人的生活。

独轮手推车是这一带普通的运输工具,从洛阳回难路县城的路上,李小姐坐在一个佣工推着的手推车上,眼眶中噙满了泪水,全身几乎冻僵。透过盈盈的泪水,她看到了一对安详的双眼。这是一位学者脸上纤细精致的双眼。面对此时此刻的痛苦,常道伟先生的话语似乎回荡在耳畔:"那么,小李,我们必须去行动,这样才能让一切重回正轨……"这个年轻的姑娘眼中含泪,但脸上泛起了微笑,这减弱了她心中的不安。

李小姐再也看不到常老师的眼睛,也听不到他的声音了。此前一天,常老师被绑架,或者遭到逮捕,随便怎么说吧。当时,常先生像每天吃完饭一样,在东门前散步。这时从洛阳方向开来一辆小汽车,住在东门的人说,这是一辆私家车。一辆汽车行驶在通往难路县城路况很差的大道上,这在当地并不常见。于是,所有人都扭过头来好奇地看着。常先生要么是自己站在了汽车边上,要么是汽车停在了常先生身边。总之,谁也说不准是常先生自己上了汽车,还是有人强迫他上了车。最后,汽车带着常先生开走了,这也是人们最后一次看到常先生。

有的人听说,常先生被送到了西安的集中营,那里关押的二十几个文学院的共产党学生还一直在"改造"。另外一些人认为,有一架专机执行特殊任务,把他从西安送去了重庆。更有人相信,常先生被当作"鸦片贩子"或匪徒,直接在洛阳郊外的河滩上被枪毙了。不过就连常先生在过年的饭局上讲的话都能被警察局夏局长知道,大家自然都不敢对这件事妄做推测。常先生失踪了,与他一起消失的还有挽回女大学生小李和肖医生之间情谊的希望。此外,一同消失的还有一种力量,这也许是唯一能避免灾难发生的力量。这场灾难越过黄河,降临在小县城难路。

守卫黄河

蒋介石的国军守卫着黄河前线。这是多么古怪的前线,多么神奇的战争啊!国军如同波涛涌起,又像潮水落下,整师整师地部队冲上前去,又整师整师地败退下来。他们肩挑手提裹挟下来的,可不是原来扛着的枪。他们在遭遇敌人的时候,也没受什么伤。这些残兵败将扛下来的是整箱的肥皂、香水、丝绸、印花布、胶鞋、钟表,还都是日本制造的。此外还有棉花、麦子(这都是从忍饥挨饿的士兵嘴里偷来的)、法币(走私是如此猖獗,以至于现金都不够了,全省都陷入了现金短缺的困境)。这种事情不是发生在一个地方,而是发生在两处、五处、二十处、五十处地方。军队变成了走私团伙,还佩戴着将军或少校军衔。黄河边成了一处交易集市。那为什么还设立岗哨守卫?害怕谁?怕我们的生意伙伴?此外,谁还不知道,我们的国军根本就不堪一击,你就看看这支军队吧!腿上是饥饿造成的浮肿,眼睛患了沙眼,皮肤得了疥癣,肺里生了结核。这样的士兵还要在演兵场上走正步:一二三,向右转。操练对他们好,对别人也无害,而老百姓应该相信自己受到了保护。农民为军队献出了家里的谷子,也献出了自己儿子,结果儿子却死于伤寒。就连知识分子也为了军队在忍饥挨饿。一切都是为了我们的国军!

在难路县城,春季学期已经开始了。那些还有家能回的学生,已经收假返校了。一切都按部就班地展开:新生的入学考试、新学期第一堂课。新建的物理实验室用纸糊了窗户,安装了一扇竹门。火神庙里的火神像盯着飞机模型和数学公式。王助教在县城附近的农家找了一间房子和妻子住下。一切都平静祥和,没什么事发生,直到报纸突然报道:敌军进攻郑州。(后来才听说,双方第一次交火是这么一副光景:在前线的某一段,国军和伪军之间一直有定期往来,在做生意。按惯例,国军指挥官这次被告知,有一批丝绸和针织品要运来。当兵的毫无防备,满脑子想的都是好事。他们带着钱、驮东西的牲口、装东西的筐子,来到了习以为常的泊靠点。船只靠近了,筐子也已经摆好。但这天晚上来了一笔意料之外的生意,因为生意伙伴这次装的不是丝绸,而是日本兵;没带针织品,而是扛着机枪。日本兵才不管什么友好协议和商业惯例。他们宰了国军的军官,俘虏了部队的一部分,打跑了另一部分,然后扛着机枪深入没有设防的腹地。)报纸的报道语焉不详却充满信心。在郑州附近已经打了五年仗了,谁还会为这种事头疼?

没及格的考生打道回府,背上扛着自己的行李卷。铁路只能通到洛阳,长途客车也停运了,而黄包车又太贵。返校的学生,甚至连放假在家的教授,都要步行返校。

"我上中学的时候,"凤鸣说,"是坐着黄包车从学校回家的,我家离学校只有两条街。但这次我过年回南阳时,在乡土路上竟然整整走了五天。"

在新学期的第一堂课开始前,凤鸣和朋友们坐在女生宿舍的小房间里。她们聊着放假期间家里的事。她们的老家在没有被日军占领的地方,所以家里还是按照旧传统过年。只是她这次要步行返校,因为父母的生意也受到战争的冲击,现在手头也很紧张。这对凤鸣而言是种全新的体验,她的腿到现在还因为不习惯这种长途跋涉而疼痛。

"要是日本人来了,我们至少学会了跑路。"李小姐安慰着这个唉声叹气的朋友。李小姐坐在笔记本前,自己也不知道在读些什么。她心里正备受折磨,一方面是因为和男朋友肖医生分手而伤心,不愿意再去想他;另一方面是为被害的常先生而伤心,上次与他的谈话就像一团烈火在她心中燃烧,使她无法平静下来。"要是我们还这么混日子,那不久后日本人就会打到家门口。"

"唉,你们两个啊!"马苏梅叹了口气。她们俩大声聊天影响了自己学习,这两个姑娘根本就是杞人忧天。自己的丈夫和唐院长共事,昨天才听院长讲过,根本无须害怕,因为我们的学校位于大山深处,因为保护我们的有十万大军。

第二天早上,洛阳的报纸就已经报道了郑州沦陷。物理课的课间休息时,学生们在教室里围成几圈,讨论着目前的局势。王助教第一次感到忧心忡忡,他去找自己的上级唐院长。

"院长,郑州沦陷后,咱们现在该怎么办?"这位助教问道。学生们正在准备物理实验室下节课要用的设备。

"要做什么?我们?"唐先生像往常一样镇静,"您知道,用铅没法做成钉子,用铅没法造飞机。每个人都有自己的用处。我是科学家,我负责书籍和试管。其他人负责士兵和武器。每个人在自己的领域承担自己的责任,这才是规矩,这样万事万物才能步

入正轨。看看我们傅校长,每天都有一道新的训令!我自知能力有限,让我们还是准备好我们的蒸馏罐吧。"

镇静和慌张同样是可以感染他人的。院长的沉稳令整个学院信服。在学生中间,唐先生具有绝对的权威,这是因为他刚正不阿和拒绝被收买的性格。那些激动的年轻人放下报纸,按照唐先生的要求,重新沉浸在学习研究中。

"你们会看到谁才是对的。"李小姐冲朋友们喊了一句,因为她们笑话自己的担心。但是李小姐也无可奈何,她能感觉到不祥在靠近,但一个人太弱小,什么都做不了。

王助教和实验室管理员唐媛蓉互有好感,但从没想过要问问自己,这种情感会指向何方。姑娘的父亲,也就是唐院长,身心都扑在工作上,忽视了自己家里的事。而母亲操心着四个儿子的吃饭穿衣,忙得不可开交。马苏梅什么都顾不上,脑子里只想着快要出生的孩子,她已经可以感觉到孩子的胎动。

这一男一女要是一起在实验室工作的话,两人的手会时不时地相遇。媛蓉变得更加成熟,要是她悄悄盯着那个年轻男子的身形看,就会脸颊绯红。火神庙被当作了实验室,在神龛里竖着比真人还大的火神像,他带着阴森僵硬的表情看着这个男人是如何把姑娘搂进了怀里,看着姑娘怀着一种不可遏制的激情和冲动,这是一种她自己还无法理解的绝望。她的头埋藏在他的胸前,眼泪洒湿了他白色的罩衫。

"马苏梅会怎么说?"她抽泣着,"要是父亲知道了这事,那该怎么办?"

他紧紧地搂着她柔弱的身体："没人会知道，媛蓉。不要去想未来，我们身处战争。没人能知道明天会给我们带来什么。也许我们明天已经死亡，但在今天我们应该彼此相爱。"

"一二三,向右转！"新兵营的值星官喊着口令。"妈了个×的！你他妈的聋了吗？蠢货！"当官的怒不可遏地从军装上抽出宽皮带，抽打着一个不那么灵光的新兵。操练又是一直持续到午饭时间，午饭又是稀得可以照见影子的稀饭加上点咸菜。

在院子的一个角落里，卢生和几个战友蹲在一起。他们用树枝点着火，烧着一块块肥滋滋的猪肉。家里在过年的时候给卢生捎了点钱，吃不饱的士兵急不可待地伸出了筷子。

兵营里流传着各种关于前线的流言蜚语。为了准备开拔，下发的第一个装备居然是用草编织的宽大草帽，可以挡风遮雨，也可以挡住太阳，但再也没有下文了，没有鞋，没有袜，没有能挨过寒夜的棉被。据说所有装备都运到前线去了，但没有一个新兵相信这套说辞。有一批棉被送来了，但随即又消失了，没人知道去了哪里。也许有人把这些被服卖给了日本人……袜子据说已经从重庆寄出，但从来没有抵达。也许这就是那些难路县城里商人在店铺里卖的袜子……

卢生把最后一块肉放进了嘴里，用手巾抹了把脸，然后掀开军装的领子，挠了挠脖子。他的手摸到了什么东西，摔在了地上，用脚踩了踩。"他妈的，虱子。"战友们笑了起来，但突然大家都开始瘙痒，而且每个人都抓到了虱子。

"我们都长了虱子，"卢生煞有介事地说道，"也学了开枪，现在可以上前线了。"

军官们去了城里的澡堂子,新兵们在军营里游手好闲地游荡。"在郑州那边,日本人有坦克和大炮,"有一个人说,"所以日本人赢了。"

"我们这边把郑州过来的道路都破坏了,他们的坦克就没法前进。"另一个人说。

"唉,日本鬼子开着坦克能从田地里过。看看你周围,你什么都没听见,而日本人已经绕到了你身后,然后把你给收拾了……"

"我们从美国也得到了坦克和大炮,还有飞机。"

"可在哪里?这些东西都还在重庆!"

"那些来中国援助我们的美国人可不少,他们长得像树一样高,像钢铁一样强壮,可以用手抬起来汽车。"

一个能识字读报的人说道:"我们在印度和缅甸的军队的确装备精良。他们有大量的美国货,从武器到军装,还有外国的食物。"他天花乱坠的描述让这些战友听得入了迷,那里有肉、鸡蛋和白大米。

"但我们的肚子空空的。"

"这些破枪。"

"日本鬼子会在我们头上丢炸弹,他们的坦克会碾碎我们的骨头。"

"用一颗手雷就能轻松把一辆坦克炸上天。"

所有人都津津有味地听着。

这时卢生开了口:"八路军、游击队,他们也没有美国武器,但是他们在一个月内就抓了二十个日本将军,摧毁了五十个炮楼。"

"八路军？那都是些叛徒，根本就不跟日本人打仗！"

"要是他们没和日本人打仗，怎么会抓到日本人的将军，怎么会摧毁他们的炮楼？"

一个腿部浮肿、脸色因为饥饿而发黄憔悴的士兵骂道："日本鬼子，美国鬼子，什么鬼的八路军，对我来说都一样。我就要吃饭的时候有大米，然后回家。"大多数人都同意他的看法。有几个新兵觉得卢生说得对，他们走到一起，后来组成了难路县城附近山区里的第一支游击队。

难路县城里做生意的高老板正在气头上，他之所以生气并不是因为哪笔生意搞砸了，相反是因为一笔做成了的生意。挑夫老廖这次给他带来了一块非常漂亮的丝绸，是洛阳的一位生意伙伴送给他的礼物。结果两个老婆为此争吵了起来，针尖对麦芒互不相让。最终获胜的一如既往地还是年轻的小老婆。他从两个老婆喋喋不休的争吵谩骂中跑开，和挑夫老廖躲到了商铺的一角，他交代给老廖一项重要任务。

"你不要走大路，找山间的小路走。你这次挑的担子不重，可以快点赶路。要是到了的话，就好好休息几天，然后尽快往回赶。三个星期你就能回来。"

"我就想直接回家。"这让挑夫做了难，"路上到处都是当兵的，日本人在进攻，谁知道接下来是怎么回事。"

"要是你完成了这项任务，我会好好奖励你，你可以在家休息一个月，不用干活。我最信任你，除了你，我不会交给别人这项任务，而且你对这一路很熟悉。"

挑夫被几句恭维话打动了,便答应了下来。他当然不知道,肩上挑着的正是从红十字会那里偷来的药物。而他同样不知道的是,那个本应该收货的人和伪军、汉奸有联系。而他更不可能预见的是,当他再次看到难路县城时,已经不是三个星期后,而是许多个月后,而且他自己和这座城市都已经完全是另一番模样……

四月。趁着有太阳,在女学生宿舍的院子里,棉袍被挂在竹竿子上晾晒,这样到夏天就可以收到箱子里。姑娘们穿着轻便短袖衬衫跑来跑去。桃树和梨树已经开花。庄稼绿油油的,长势喜人。在灌溉的水渠边,人们种了稻子。没有干旱的一年,就是赐福的一年。

苏梅的身子现在沉重笨拙。六个星期后庄稼就熟了,她也准备好了用白色和红色丝绸做的襁褓,小家伙在王家会有个自己的位置。这个年轻的女人靠自己有力的双手找了房子,是一间坐落在山脚下的农户里的屋子,五月初就要搬进去了。这里有一张农民家里的旧式雕花床,一般在家境不错的人家才能找到,这里还有竹子做的低矮的桌椅板凳。凤鸣是个热心肠的人,送了一套宽大的印花床单,李小姐送了两套可爱的绣花枕头。星期天,这对新人一起来看过房子,觉得一切都好。王助教沉默寡言,心里惦记着其他的事情,但苏梅似乎没有注意到有什么不妥。

"我太幸福了,"苏梅依着丈夫的手臂,从山脚下回到了城里,"我几乎等不及了,真希望孩子已经出生了。"

"可是你此前还生我的气。"他没话找话地说,只是为了不冷场。

"我生你的气？我怎么能生你的气？"

苏梅心中又升起一丝柔情，这是一种对孩子也是对丈夫的柔情，是一种体现在孩子身上对丈夫的爱，也是在丈夫身上对孩子的爱。在她看来，这种柔情似乎可以绵绵不绝，涵盖一切，甚至包括绿色的田垄、新长出的豌豆尖、健壮的公牛、马路上黄色的灰尘、小溪中绵长的水流，还有把载货的手推车推进东门的车把式，以及南边远处的七峰山，山峰雄伟的轮廓直插云霄。在那边是否真的有传说中的野兽和野人？

城墙的土堆上坐着学生，他们向这对新人问好。王助教尴尬地笑了笑，丈夫和父亲的新角色使他有点难堪。边上的妻子在这几个月中几乎变得陌生了。对年轻的媛蓉的思慕，却越来越强烈地燃烧在他的心中。

这是一个阳光明媚的下午。不过就像雾霭遮住了太阳，一片忧郁的阴云袭上了马苏梅原本愉快的心头。她觉察到了丈夫的生硬，感觉到他几乎是不情愿地走在自己身边。她心里升起了一个不祥的念头，有些事不对头。但她不会被打倒，她抬起头，用坚定的眼神看向前方。不管什么事，她都能顶得住！

"我是大地的女儿，

为爱，也为受难而生。"

一个星期后，第一枚炸弹落在了难路县城，到处都陷入一片慌乱之中。

战争

战争的阴云已经笼罩住河南省五年之久。国土被肢解,一半沦于敌手,敌人占领了从开封到焦作的土地。但是河南省的心脏,古都洛阳以及通往伏牛山区的山谷还没有沦陷。在这里的和平气氛中,人们还在与干涸的土地抗争,每个人都在寻找自己的小运气。而敌人现在盯上了这片土地,已经越过了黄河,占领了郑州。他们凭借着坦克和大炮向洛阳进军,向鲁山进军。难道没有人在守卫这片国土吗?保卫我们的十万大军在哪里?那些军官和少校呢?在敌人面前,他们逃得踪影全无。和他们一起逃跑的是十万大军,而当兵的之所以逃跑,是因为军官道德败坏,因为士兵挨饿,因为他们被虱子侵扰,而且还患有疥癣,他们被所有人瞧不起,他们不知道为何而战。

敌人根本就没有遇到抵抗,每天都能向前推进百余里。敌人所到之处,一切都荡为寒烟,因为破坏是他们的职业。但是他们更大的仇恨是文教中心,是学校和老师,是图书馆和研究院。安宁祥和的难路县城已经听得到大炮的轰鸣。敌人来了!我们的军队在伊河谷地的下游防守。他们守得住吗?到处都看得见溃兵。有谣言说:汉奸伪装成农民已经混入城里。

女学生的宿舍就像被捅了的马蜂窝。李小姐努力克制住自己心中的恐惧,给朋友们打气,鼓励大家勇敢起来。"我早就和你们说过。"这句话差点脱口而出,但并没有真说出来。说这个还有什么用?她自己和所有的人、整个国家都一团糟。她耳朵里回响着常先生的话:"看看你的周围,小李,真相到处都有。"什么是真相?

真相就是:整个城市陷入了混乱,人们像没头苍蝇一样四处乱窜,挤成一团,还在等着奇迹降临获得救助。到处都是丧失斗志的士兵,他们扔掉了武器。这是全民式的大逃亡……

那些关于八路军的故事是真的吗?说他们用破旧的大刀长矛冲破了封锁线,赤手空拳抓住了好几个日本人的将军。这是不是哪个江湖艺人给轻信的小姑娘讲的故事?难路大学的这些男生难道不也是真正的爱国者,就像陕西的那些农民游击队员?什么是真相?

在混乱之中很难厘清真相,因为真相是由许多部分组成,叛变、无能、人性的弱点和英雄主义。这些都像彩虹的颜色一样搅和在了一起。但有些情况,即真相的一部分,是后来才搞清楚的。

高老板是难路县城极受人尊敬的社会团体的成员。当别人焦头烂额地收拾行李打包裹时,他正镇静地布置家里宽大的内院,命令厨子为接下来几天做好储备,备好一桌丰盛大餐所需的食材。他还让两个老婆从箱子里拿出丝绸衣服穿上,然后也给孩子梳洗打扮好。不,他高老板绝对不会像难路县城那些笨头傻脑的老百姓一样想着逃难。他是个有教养的人,有先见之明地准备好了一篇迎接贵客的讲话稿,庆祝难路县城被纳入"东亚大日本帝国"。

新兵的部队此时正在伊河谷地的中部,控制着通往难路县城的道路。

作为指挥官的班长命令手下开拔,并配发了弹药,同时也喊了句口号:"不成功则成仁!"他自己是否会信自己的话?

几个小时后,班长就未战而降了。在当时的战况下,也许这是一个人能做出的最理性的事情。除此之外,他自己不过就是个领不到足额军饷的下士,被上司打来骂去。他心里想,凭什么让自己这么个小班长火中取栗,而将军们却已经坐在豪华的小汽车里,准备往西,往后方撤退了。

班长没有投降日本人,而是投降当了伪军,是那些中国的汉奸,是南京伪政府的部队,拿着日本人的钱与国民政府打仗,于是他的小队立刻就被伪军收编了。

不过在被收编的时候,这支小部队少了二十个人和二十条枪。这是卢生和十九个战友,他们已经转移跑上了山,没有去接受伪军的收编。

此时,125野战医院也躲进了山里。当日本人来到渑池,发现那里只有空空如也的窑洞、爬满虱子的绑腿和一个耳聋的老人,这是个看门人。随便问他什么,他也只会说:"不知道。"

125野战医院能够成功转移,在所有人的意料之外。医院院长是汉奸高老板的好友,也是个收受贿赂手脚不干净的人。他虽然道德败坏,却也还恪守着一条军事纪律,就是不能让任何一个受伤和生病的伤员落到敌人的手里。

就连肖医生都不敢相信,院长凭借一己之力,把一节车厢挂上了最后一列从洛阳开往西安方向的列车,这是他为无法行动的伤兵搞到的车皮。当125野战医院从沦陷的洛阳驶向自由的西安时，日本人的轰炸机正在洛阳火车站上空盘旋，而难民就像溢出的内脏一样挂在车厢的门窗上。

在这长达一天的运输途中，二百个被关在车厢中的重伤员死掉了四十人。抵达西安野战医院的那部分，大概每天会死两三个。最终还有一部分伤兵保住了性命。

无论是获救的还是死在半路上的伤兵，都是河南战事真相中的一部分。对中国人而言，被日本鬼子的刺刀刺死在医院的尘埃中，还是被在家乡染上的痢疾送进一副真材实料的棺材，这两种死法并不一样。

无论如何，125野战医院算是抢先了一步。洛阳暂时还没沦陷，难路县城的命运也还在未定之中。空气中弥漫着炸弹的呼啸声，但县城本身还算平静。上级没有下达任何训令和指示，这让唐先生很紧张。他派了一个信差去潭头找大学的傅校长，那里是文学院所在地。傅校长是个有影响的人，所有在这种危急关头需要的资源都掌握在他手中：钱、关系、威信、权力。信差是中午返回的，传话让唐院长不用害怕，暂时还没有危险。敌人到这边远偏僻的难路县城干什么？另外，敌人在还没占领洛阳之前跑进山里，这完全没逻辑。"傅校长让我告诉您，明天一早学校正常上课。"

信差鞠了一躬。重磅炸弹在房子上空呼啸。唐先生也欠了欠身，他没有钱，还是个软心肠。校长既然说暂时没有危险，那么我们就正常开课。

日本人可不管什么逻辑。虽然洛阳还没有被占领,但他们已向难路县城袭来。晚上下起了雨,天已经黑了,唐先生一家坐在三间屋子里中间的那间吃饭。正在这时,从潭头来了一个信差。他全身湿透,惊慌失措,带来了傅校长的命令:情况危急。明日天一亮,全校避往山里,方向西南!

唐先生从桌子边站了起来:"我必须现在去找校长,领指示和钱。"

"傅校长,"信差说,"已经不在那里了,他已经跨过了伊河。潭头乱成了一锅粥。"

"那钱呢?还有书籍?"

"傅校长把财务处带走了,他说,理学院自己有点钱。书籍就不要管了。"

"怎么不叫挑夫,还有学校的杂役?"

"他们挑着校长家的东西:两个皮箱、三个木箱、四个铺盖卷、一筐咸肉和鱼干。"

唐先生感到一阵恶心,脑袋发晕。他不得不用手扶着椅背重新坐下。我觉得饿了。他心里想,完了。他拿起筷子:"来,孩子们,我们吃完!这是我们在这个家里的最后一餐饭。"

唐先生想,其实我也该这么做。把钱从学院里取出来,雇些驮东西的牲口,把我和家人送到安全的地方。别人就是这么干的,现在这年头就时兴这么干。对,为什么我不这么干?我知道自己没有干这个职位的本事!信差还站在门口。"好,你可以走了。我们会完成校长的命令。"

组织活动可不是唐先生的强项。另外,组织所需的资源他也什么都没有。那些能把学院物资送走的挑夫没有了,就算还有几个,也没钱去雇。每个学生150块钱,这就是他手上所有的钱,而这点钱也就只够买几斤馒头的。

深夜时,他亲自去了本城最有钱的高老板那里,想借点用来逃难的盘缠。这位老板倒是没有说不,他只是把唐院长笑了个够,把这个傻教授上上下下笑了个遍……

怎么办?唐先生思前想后。雨点敲打在窗户纸上。睡觉是根本睡不成了,他心里总是七上八下。天快亮的时候,唐先生的心情稍微放松了一点,知道事已不可为。所有的一切,这个家和这所学校,这屋子和这座城市,还有实验室以及里边所有的一切,就算能救出其中几样东西,其他都保不住了。

在天亮之前,唐先生决定先让学校的姑娘们过河,然后是男生。把姑娘们和我老婆孩子一起送走,他下了决心。我老婆裹脚,跑不快。我自己必须留在最后,负责的人必须留下来,直到一切都安全了。王助教有个怀孕的妻子,但我也有个家。这是我的责任,那么也是他的责任。王助教和我负责断后,然后试试看能不能救出点什么东西来。

没有铺就鹅卵石的路面上淤泥泛滥,脚踩下会陷进去,结果鞋子就留在了烂泥里。在这样的天气,人们一般在布鞋外边会套上雨天穿的木屐,上边有四个木齿,看着有点像穿着舞台上的厚底靴走在烂泥地里。媛蓉穿着这样的一双木屐,啪嗒啪嗒地走在火神庙的前殿里,这种脚步声把姑娘自己吓了一跳。

唐先生和王助教一起把教材归类。"这些书我们带上,这些要是还有时间就藏起来。媛蓉！你怎么又回来了？你妈在哪里？"

"母亲和四个弟弟已经到了桥那里，让我来帮帮你们吧！"

唐先生深爱着自己的女儿，又是个性格和蔼好说话的人，所以根本就无法拒绝女儿的请求，于是也就同意了。媛蓉脱下木屐，一声不吭地帮着王助教打包设备。王先生的心中升起一股暖意，心情也随之变好。姑娘湿漉漉的头发、热情洋溢的面庞、被雨淋湿了的蓝色衣服，所有的一切都那么美丽、可爱，让他心中充满了喜悦。就连媛蓉也突然放松了下来，好像心中在歌唱。日本人来吧，我才不怕！

到中午时分，书籍和器材被小心地用稻草和破烂盖住，然后保存好，放在火神庙的长凳下。就在这时，灾难降临。灾难并不是日本人，而是大雨，这场连下两天不停的大雨，使河流暴涨发了大水，结果木桥被冲毁，向南的出路被封锁了。

沿河向上游五里地，在磨坊那里，就是上个月学校组织春节野餐的地方，是山谷里河流的浅滩。难路县城的最后一批人正往那里逃去，他们是院长、王助教和媛蓉。其他逃难的已经过了河逃进了伏牛山区。

七峰山的山道沿着溪流蜿蜒盘旋通向上游，挨着高岭土的断层，两边是高粱地和土豆地。在陡峭的山谷中，这条路沿着溪流一直通向河流的源头。路左边有一处褐色低矮的农舍，好像已经完全荒废了。从这里看不见县城，因为前边的山挡住了视线，但是伊河依然在河道里向东奔流，可以看到通向龙门的大道被白色的雾霭遮住。那是云,还是雾?

苏梅又饿又累,浑身上下被雨水和汗水湿透。那个装着孩子衣物和自己东西的包袱几乎要压垮她,背上还系着被子。包袱、被子还有肚子里的孩子,她要承受三份重负。

和苏梅一起逃难的是凤鸣和李小姐。丈夫不在身边,今天早上是场匆忙的告别:"小心!最晚今天晚上我就在你身边了。"王助教说。另外,媛蓉也留下来了。她母亲备受小脚的折磨,把四个儿子集合在一起,还像所有人一样,扛着包袱和铺盖。

有几百人在山里的农家宿营。老人和小孩到处都是,有的在屋里,有的在屋外。雨一直还在下,大家把外套罩在头上,彼此呼喊着名字,以免走散。第一个夜晚就这样降临了。

大家一个挨一个地躺着,夜晚没有人听到苏梅的抽噎。她的泪水深深地埋藏在心里,连眼睛里都没有流露出一丝痕迹。这个年轻的姑娘紧紧咬住嘴唇,直到咬破了嘴唇流出了血。"只要不是那个女人,否则真还不如落到敌人手里。他也许现在正和那姑娘在一起,那个皮肤光滑的小姑娘。她怎么能挡得住他的魅力,他的眼睛,他的手,他的唇?不,你是属于我的。是我追求了你,是我爱着你,我们是青梅竹马。你曾用心对我们做出承诺,永远不分离。要是你回来,我会死死缠住你,让你不得脱身。要是你回来的话,快回来,亲爱的,你听见了吗?回来!我们有那么多话要说。有的事我比你清楚,你会让我拿主意。不,我才不怕另外那一个姑娘。但是回来!回来吧!救救你自己,逃命吧!"苏梅的心里不再有悲泣,只有对爱人的巨大恐惧。夜晚如同沉陷下去的黑暗峡谷,又像深渊。

几个人一整夜都坐在河边浅滩附近的农庄里。磨坊的主人认识唐院长，请他在渡河之前进屋喝杯热茶。就在此时，附近传来了枪声。紧接着门就被撞开了，大家连喊叫的时间都没有，一切发生得那么突然。这是一队日本兵，他们上午在几乎没有遇见抵抗的情况下，从北边绕过了县城，去封锁南边和西边的道路。这伙日军被一个中国的汉奸带着，汉奸认出了这三个人的衣服，知道他们是大学里的人。第一个被杀害的就是王助教，就在离磨坊几步远的地方。因为他突然动了一下，也许的确是想逃命，结果边上一个汉奸用刺刀捅进了他的脖子。王助教当场血流如注，嘴里发出了怪声，随即倒地身亡。日本兵把他的尸体就摆在那里，赶着剩下的俘虏继续上路，走上了通往难路县城西门的大路。就在西门前，离火神庙不远，媛蓉的生命也走到了终点。两个日本兵抓住了这个姑娘，拖着她进了房子。媛蓉挣脱了出来，因为恐惧而径直向前跑去，结果直接撞进一群日本骑兵中，他们大笑着用胯下的马去撞这个姑娘。前后左右都是敌人，只有一条出路，但这条出路黑暗、冰冷、深邃。在斜坡那里有一口井，媛蓉大喊一声就跳进了井里。直到今天，人们要是想取水，还必须步行出西门去河里打水，因为西门的井里有一个因恐惧而跳井的人，因为她再没有别的出路。几个星期后，人们才把媛蓉从井里拉了上来，却已经成了无法辨认的尸体。

这就是唐先生女儿生命的终结，也是理学院暂时的终结。火神庙被烧了。学院十八岁，比媛蓉大半岁。这个学院按照西方的标准而言不算出色，毕竟简陋不堪，却是大家花费了很多精力才搬了这么远，搬到现在这个地方。十二个男老师，其中五个都是留学归来的毕业生,从一开始就亲手创建这个学院。二十辆牛车花费了两个星期时间,才把这次被烧毁在火神庙中的物资从开封运过来。

这天夜里,有人敲响了河边磨坊的门。磨坊主的老婆吓得跳了起来:"他们又来了,日本鬼子,这次他们要杀了我们所有人。"

"他们要是来,就来吧!我们也没办法。"

磨坊主开了一点门缝,立刻又把门闩插上:"他在那儿。"

"谁?"

"那姑娘的父亲。"

"让他待在外边,他已经给我们带来够多的晦气了。"

"请开开门,"唐先生通过门缝喊道,"我是唐先生,唐院长。"

"这事怎么就落到我们家?"女人抱怨着,"为什么所有倒霉事情都让我们家撞上了?"

磨坊主点燃了油灯,打开了门:"赶快进来,附近有当兵的。"

唐先生套了件打满补丁的穷人穿的衣服,头上戴着一顶肮脏且缺了帽檐的帽子。没人请他落座。

女人哭了:"这帮家伙砸碎了我们所有的东西,抢走了所有的粮食,这帮天杀的。他们还打了我,打了我的丈夫。难道他们还要杀我们的孩子?"

"给我一把铁锹,"唐先生请求道,"我要把那个年轻人埋了。"

几个人在竹林下边王助教被害的地方埋葬了他,没有棺材,只能草草落葬。天亮之前,唐先生就涉水过河。他之所以躲过一劫,完全事出偶然,没有值得一提的经历。有一个人,如果唐先生事后回想的话,应该是学校的一个杂役,把他拉进一扇打开的门,给了他这套穷人的衣服。他在那个地方等到晚上,然后在黑夜中慢慢通过被摧毁的城郊向河边走去,没人拦他。

五封信

1944年7月15日，陶清河写给重庆叔叔的信：

亲爱的叔叔：

我想大概和您说说我这里发生的事。我们的学校被高山环绕，这是一个很少有人知道的地方。所以大家完全没想到敌人会来。星期五的时候，我们还听说要继续上课，但当天晚上敌人就已经离得不远了。子夜时分传来了命令，让我们前往栾川。大家不知道这次离开是暂时的还是长期的。我带上了几件衣服、两双鞋，然后在第一天和大部队一同前往大青沟。在那里我们也听到了炮声，于是就爬上了伏牛山，这座山又高又陡峭。环顾四周，看到的都是高山、野兽和山中的飞鸟。今年夏天炎热，我们提着行李，一直跟在十三军的后边逃命。这里的山民还没开化，特别害怕当兵的。他们听说逃难的大学生来了，就先逃走了。当我们抵达时，四下已经空无一人，什么东西都没有留下。所以大家两天都没吃上饭。18日，我们到了大章，有人告诉我们，敌人离我们只有三十里地了。于是大家就又立刻动身了。当时天已经全黑，河流、雨水的咆哮就在周围。我们看不清山有多高，峡谷有多深。大家向前瞎走，我把行李中还剩下的东西都扔了。我们连着两个夜晚都没有睡觉。大概子夜的时候，我们生起了篝火想煮点汤喝，然后所有人继续走。第二天我们又走了一百里地。身无分文，又饿又累。大家都忍住泪水。最终，我们抵达了一座城市，幸运的是学校给了每个学生两斤大米。

文学院的女学生刘沛生写给她在西安的大姐的信：

亲爱的姐姐：

学校是星期五转移的。我和另外两个同学留了下来，因为没钱，也因为不相信敌人能这么快就打过来。突然，听说敌人离我们只有十里远了，我和同学慌忙上路逃跑。前一天晚上下了雨，河水暴涨。我们没时间脱下鞋袜，只好直接蹚水渡过河去。这时，我遇见了杨教授，怀里还抱着孩子，于是就帮他背了一段。当天晚上，我们停留在一处农舍里，有七八十人，都是学校的人。那天夜里，我们听到炮声。我想敌人也许还没有来，于是就返回城里，想找点吃的。很快我就听说敌人已经到了东门。我当时扛着一整袋大米在西门，于是赶快逃跑，结果摔进了河里。衣服和大米都湿了。我把大米扔掉，赶快爬上了山。当天晚上我还不得不渡过另外一条河，这条河的水流十分湍急，我差点淹死。在接下来的两天中，我靠一路讨饭才抵达了重渡。在那里又听说敌人已经到了卢氏，许多学生在西坪被杀害了，还有许多难民遭到抢劫。接着，学院会合了藏在这里的家属继续向南走，我加入队伍和他们一起走。在7月20日，我们到达了荆紫关，在这里找到了学校的其他团队。

25岁的女大学生唐若婉写信给她母亲的朋友寻求帮助：

当学校要转移的时候，我刚生过一场病，没钱，所以只能看着数千教授和学生上路。我眼中流着泪，留了下来。15日，敌人占领了嵩县，当天晚上我们就听到了交火的声音，于是连夜跑了出去，睡在了城北的山里。雨下得很大，非常冷。第二天，敌人闯进县城里。一部分敌人包抄了北山，那些向这个方向跑的教授和学生落入敌手，其中大概有十二个人被杀，被抓。我藏进了树林得以幸免。这天夜晚我又是在山里度过的。接下来的一天，我们听到了大炮的声音，四下里到处是烟火。后来几天，有人说敌人离开了城市。而我因为实在太饿，就套上了一件农民的衣服，回到了城里。没想到敌人又返回，结果我遇见了日本兵，他们冲我打手势。我转身逃往城南，躲进了一家农舍。当时我已经跑脱了力，没有一点劲儿了，但一个日本兵跟在后边追上来，抽出了他的刺刀。幸运的是，我们寝室的一个阿姨正好在屋子里，她和那个日本兵说了几句话，把他的注意力引开了。日本兵抢走了这家里所有的粮食。敌人在城里待了六七天，许多人被杀害，许多房屋被烧毁。这一切实在太可怕了，所以我不愿意去回忆。再往后，我又接着逃。北山上的居民害怕大学的人给他们带来灾难，不让我们进屋。我没钱，也没衣物，是讨饭到的西峡口。在这里，一个朋友给了我一件衣服，然后我把身上农民的衣服换掉。三天后，我到了荆紫关，遇见了其他人。我现在又饿又病又弱。

理学院学生杜兴仓写给熟人的信：

我是眼中含着泪在给你写这封信。我从来没有想到，自己会落入敌手成了俘虏。敌人跨过黄河时，所有人都以为这只不过是一次普通的扫荡抢劫，但实际上情况要糟糕许多。我们在的地方陷入危险，一部分教授和学生已经逃掉了。我没钱，所以就留了下来，也觉得敌人不会到这里来。但是到了18日，我们听到了机枪和大炮的声音，有人说敌人离我们只有三十里了，于是所有人都跑掉了。我和秦淡泊教授一起往北逃向山里，来到了一间农舍，接着就听见附近有交火的声音，我们想这一定是国军士兵。突然，门被撞开，我们看到一个全副武装的日本兵和一个汉奸。我不知道自己能活下去还是会死掉，汉奸抢了我们的钱。我抱定主意不再害怕，无非就是逃跑或死亡。当日本人离开院子，想去抓更多人的时候，我闪身躲在了房子后边。我脱掉了绿色的大学生制服打算逃跑，然后我向前爬去，看到了一群日本兵在三百米远处。他们没有开枪，我跳进了一个坑里。在那里我躲了六个小时，然后去了大坪乡，在那里又躲了十天，接着逃到桑坪，最后终于到了荆紫关。在这里我看到了学校的旗子迎风招展，学校发给我一百块钱。

第五学年得了轻症肺结核的医学院男生刘岐山写给身居高位的监护人：

我的家乡早就被敌人占领，我在亲朋好友帮助下得以继续学业。去年河南省大旱，收成差，结果我几乎放弃了学业。今年四月，河南中部燃起战火。战事发展得如此之快，以至于我5月6

日就踏上了逃难之路。我扔下了一多半书籍和行李没带走,两天后到达潭头。我们听说敌人已经占领了我们的校园,现在正向潭头扑来。我和同学们继续向南方逃跑,最终到达了荆紫关。这一路,我们走了五百多里,翻过了许多山,跨过了许多河。这片土地几乎没人居住。在路上,我们经常每天只能吃一餐,有的时候甚至什么都没有。就算下大雨,我们也脚不停步,一直往前走。行李太重了,所以我们扔掉了行李,最后只剩下些轻便的衣物。我们又饿又冷,心想自己也许会死掉。我们到达目的地时,已经破衣烂衫、浑身是伤了。

星星之火

要是马苏梅几年后回忆起逃难路上的这段噩梦,那对她而言,最艰难、最痛苦的时刻并不是在路边的小窝棚里产下了女儿,也不是两天后那个可怕的清晨,当她获悉自己的孩子没了爸爸,而是此前的一个残酷经历。这个经历发生在逃难路上第四天的晚上,让她至今想起来心里都会翻江倒海。当他们翻过七峰山,结束了一天疲惫的跋涉,来到了一座和平的山谷时,看到了一个围墙围着的村子,这让身心俱疲的逃难者以为到了一处平安的避难之地。

村子里的小路几乎就在眼前,人们已经可以闻到新蒸的馒头和炒菜的香味,仿佛已经听见了狗吠和孩子的啼哭。突然,村口沉重的木门被猛地关上,一条铁索嘎嘎作响,逃难的人被挡在了外边。(后来大家才知道,前一晚曾经有一队溃兵洗劫了这座村庄,还烧毁了几排草棚,所以当地居民害怕外人。)

就像旷野中的野兽赤裸裸地暴露在大地上,这些难路县城逃出来的难民忍饥挨饿,浑身发抖,感到耻辱。他们躺在这个不友好的村庄围墙前。马苏梅和朋友们互相安慰着抱在一起,互相照看着,可这又有什么用?这些无知胆小的山民连朋友和敌人都分不清。一个人所能遇见、所能摊上的最痛苦、最受折磨的经历,就是在自己的国家里被当成敌人!

抢救出来装着婴儿用品的小包袱压在马苏梅沉重的身子上，她在这寒风呼啸的无尽黑夜里思考着。到底做错了什么，让她遭受这样的罪？

就好像是对自己思考的回答，李小姐的声音轻轻地回响在这个抽噎着的姑娘耳边。这不是朋友用来安慰她的说教，而是些短小浅显的话语，是古老的智慧，就像人们在茶馆里讲述的那样："谁要是害怕陡峭的山路，就没法看到远方的原野。""坚硬的刀子才能切割玉石，只有经历最不幸的痛苦，一个人才能找到自己的路。"还有一句简单却值得去深思的话："柴火本身并不会生出火来。"那么谁是柴火，谁又是能引燃柴火的火花……

当朋友们身心俱疲还在沉睡时，能干的凤鸣在天际刚泛白就已经出去寻找食物。她发现了进村的一条路，还找到了一个人，用她的金戒指换了三斤高粱米和一小壶油，这个金戒指上有一条盘绕着的蛇。用这三斤高粱米和一小壶油，凤鸣做了六餐美味可口的热食，于是大家又重新鼓起了勇气。

两天后，也就是逃难的第七天，在难路县城沦陷后的第六天，马苏梅在路边的窝棚里产下了一个健康的女婴。生产还算顺利，并不艰难。逃亡学生的大部队继续向西走去，凤鸣和李小姐留下来照顾着产妇。新生儿就像小公主一样被包裹在干净的白色丝绸中，母亲的乳头给了她最香甜和最营养的食物。

伏牛山上的七座山峰像一把梳子一样耸立着。唐先生穿着穷人的破衣烂衫走着，就像其他从面前经过的人一样。在狭窄的山间小道上，他躲过了敌人。他睡在岩石下，路过被烧毁的村庄。

谁把这些村庄烧毁了?我们的士兵还是敌人?毁了就毁了吧!他在路上还遇见了强盗,强盗让他站住,可他一无所有,没任何值得一抢的东西。今天喝一碗玉米粥,明天吃一块黑馒头。在第八天的时候,他追上了马苏梅和她的朋友们。

当他走进窝棚时,就像被黑暗击中一样站在那里。草棚子里的姑娘也被吓了一跳,愣住了。这个穿着一身破烂的男人好像不是老了七天,而是老了七年。他站在门槛那里微笑着,看起来有点古怪,无助。他的面色苍老,友好,找不到一个能够准确描述的词句。他站在那里犹犹豫豫,马苏梅就已经猜到,肯定是发生了什么可怕的说不出口的事情。于是,她反而先张口说道:"您夫人和孩子已经离开这里两天了,唐先生。几个孩子很坚强,没问题。母亲走不动时,大儿子还会保护母亲,两个小儿子扛着整整一袋红薯,可能是从本地山民那里搞到的。您看,"马苏梅的声音像小姑娘一样可爱,"您看,这里的确有土著,这些人比我们矮很多,他们有自己的语言,穿着古怪的衣服,但是他们不是野蛮人。野蛮人只在山下的山谷里才有……"

唐先生慢慢弯腰走进窝棚,握住了新生婴儿的手,亲了亲粉嫩的小手。可怜的、没有了爸爸的小家伙,战争孤儿……

这时候,紧张压抑的情绪才从马苏梅的胸中释放出来。她抱着孩子放声大哭起来。

在五月末和六月初的那几天,逃难大军涌进了位于豫陕交界处的西峡口镇,随之而来的是饥饿、贫穷、疲劳和疾病。他们自称是被日本人摧毁了的难路大学的幸存者。居民们热心地接待了这些人，把他们安顿在两座庙中，当地政府给大家分发了面条和盐……

唐先生病倒了，面色苍白且身形消瘦，躺在西边的庙宇中。他夫人背了一身债，因为要买药品和食物。在这里，人们用纸和竹子分隔出好多小隔间。唐先生陷入了过去时光的梦境中，那是开封明亮的学校、小媛蓉、她的第一件小衣服、她上学的第一天。我可爱的小媛蓉。突然，他又看到水井中一张扭曲狰狞的脸。

当——当——，他的心像锣一样一下一下地敲着，然后又像钟声一样轻缓了下来。接着又像一面鼓在敲，沉重而肃穆。"为什么？"锣问道。鼓敲了一响："有罪——有罪——。"钟嗡嗡地回应道："我不想活了。"

虽然情非所愿，但唐先生还是渐渐恢复了健康。男孩子们在院子里玩耍嬉戏："父亲！"四个孩子，四百块钱。他们吃饭要馒头，读书要纸张。

有罪——有罪——，鼓声隆隆。罪责的问题绕不开，总是萦绕在唐先生的脑海中，他有的是时间去思考。在西峡口，人们已经开始收割早稻，重庆政府也慢慢着手解决大学的问题，考虑着到底如何安置豫陕交界处的这些遭了罪的人。

这里有一个人，他在危急时刻盲目闯入灾难，为此受惩罚搭上了自己可爱的孩子的性命。这里有一个人，他在来得及的时候却不想担负起责任，最后一生的努力都化为泡影。这里还有一个人，他把自己的家眷、行李和箱子都送到了安全的地方，却没有受到惩罚。

这里有践踏我们国土的日本鬼子，有举着武器的敌人。这里有我们的自己人,他们没有打落敌人手中的武器。这里有黄河渡口做生意的驳船,有用军饷给小老婆买丝绸衣服的将军,是他们让自己的部队挨饿。这些人也没有被惩罚。这里还有少校和军官,他们面对敌人时望风而逃,然后还被奖赏提拔。这里还有叛变的邪恶商人。

罪责?这都是有罪的。一旦关于罪责的问题解决了,那么接下来的道路就清楚了:剔除掉寄生在我们人民身上的那些罪恶。

未来是一条宽广的大道,一条康庄大道。

洛阳城还是那么美……

在这个血雨腥风的早夏,离难路县城东边大概12里的庙台子村,居民们提心吊胆地躲在家里。老话说得好:"要是风太大,你就弯下腰;要是雨太大,你就躲起来!"谁要是认栽,谁要是装死,那遇上大灾大难,兴许还能躲过一劫。

六月底,卢生家的"小乖乖"生病了,这是卢生的大哥的小女儿。她正患疟疾,家里人必须进城找医生抓点药。另外,下地的锄头也坏了,急需修理。地里的菜也该收了,还有几十个鸡蛋等着卖了换钱。

现在这个时候出现在县城大街上,对年轻人而言无疑是自寻死路,于是家里的老太太亲自踏上了去难路县城的路。媳妇小心翼翼地帮她把装东西的竹篓扶上肩,嘱咐她慢慢走,要小心。

傍晚的时候,卢老太太从集市回到了家里。她不仅带回来了药品和盐巴,还有好多关于被占领的难路县城的消息。

难路县城现在一塌糊涂。许多房子被烧,大学彻底被毁。城里还有些日本人,但可能已经不像此前那么多了,因为现在战事转移到了南边湖北方向。行人经过日军岗哨时,必须当面鞠躬行礼,否则会被揍得鼻青脸肿。日本人抢走了卢老太太的鸡蛋,一毛钱都没给,只允许她去卖背在竹篓里的菜。县城里有的商铺已经重新开门营业,高老板的铺面也开张了。他现在可是县城里的大人物,坐在县政府官衙里,每天都和日本大佐一起吃饭。小学也重新开学,来了新老师,但这伙人不是真正的教师,因为原来的教师都躲进了山里。孩子们被迫学唱日本歌,但他们不愿意。在街上看不到一个年轻人,只有新政府的官员到处走动。他们现在为日本天皇服务,为"大东亚共荣"服务。有的人相信,这样老百姓就会过上好日子。在蒋介石的统治下,普通老百姓的日子的确不好过,也许现在到了变好的时候。许多事并非如此,但这些人相信"大东亚共荣"会更好……

"可是,娘,我们该怎么办?"二儿子打断了母亲的话,不耐烦地问道。他对刚才这段理论性的介绍不感兴趣。"敌人会到庙台子来吗?会不会把我抓去干苦力?怎么才能和日本人处好?"

老太太模棱两可地笑了笑,就好像她知道的比讲的要多一样。"对我们而言,现在不像此前那么危险了。有人说,日本人最近不敢离开坚固的难路县城,在山里有拿枪的。"

"强盗?"

"强盗——是,也不是。他们抢夺,但不抢夺我们中国人,只抢日本人。"然后老太太抱起了"小乖乖",给她喂药,不再说这件事了。

当天晚上,当嫂子入睡后,三儿媳来到了婆婆的身边,坐在了她的硬板条床边。"告诉我,"她请求道,"你打听到了我丈夫的什么事?"

"那个铁匠老徐,就是帮我修锄头的老徐,对我说了一些事。你仔细听着,我们的卢生还活着,他在山里,而且还是个头目。"

年轻女人用手摸了摸有了身孕的肚子:"他跟你说了,卢生在哪里吗?"

"说了,在东南面山上的一座小庙里。但你不能去,三媳妇,你现在的身子不方便……"

"我很健康,母亲,还有两个月才生!"

"你知道,你二哥肯定不同意。"

"我不会去问二哥,"年轻女人轻声说,"这次我要自己做主。"

老太太摇了摇头。自从姑娘们不再缠脚,她就知道再也没人按照祖宗的规矩行事了。姑娘们剪短了头发,不再听家里老人的话。在当下这种情况,这也许并不是坏事。二儿子对弟弟做的事很不地道,所以他没什么权利对家里剩下的人说三道四。三儿媳该走自己的路!"但要小心,"老太太提醒儿媳妇,"绕过县城,因为日本人要是看到你,你就死定了。带上一筐馒头,山上那些人肯定很饿,拿上家里剩下的鸡蛋、腌萝卜。不要忘了棉被,这样卢生就不用在潮湿的地上睡觉了。明天一早就出发,这样大日头不那么晒。我会和你二哥说的……"

当卢生见到自己的媳妇时,这个年轻的游击队长宽阔的面庞笑开了花。战友也笑了起来,他们已经几个星期没有在周围见过女人了。这个年轻女人这么漂亮,穿着粉色的短袖外套和绿色的裤子,还有丝绸的镶边。她的头发梳理得整整齐齐,抹了油,就像上了漆一样光亮。虽然山路崎岖,但她还是穿上了绣着彩凤的绣花鞋。卢生媳妇给大家分了馒头和鸡蛋,卢生骄傲地给她显摆了自己的宝贝,这是他们在第一场战斗中缴获的驴子以及二十几支日本步枪、一挺机枪,最值钱的是一大卷电话线。他们还有一个俘虏,但这并不是真正的俘虏,而是一个自愿投诚留在山中教大家如何使用电话的俘虏。他们想在玉米长高的时候,把电话线埋在直通伊河的玉米地里,在那里设置一个哨卡,这样就能监视日军的活动。"还有那个铁匠老徐,也和我们有联系。"卢生说,"他会告诉我们城里发生的事。"年轻的女人带着钦佩的目光盯着自己的丈夫,孩子他爸真了不起啊!

　　她在游击队那里待了两天,然后带着几个重要的任务走下了山谷。第二天,人们就看到一个缠脚的老太太急匆匆地走进了县城。她的脚还没拳头大,在日本兵的岗哨前,她规规矩矩地深深鞠了一躬。卖了带来的菠菜后,她又去东门的徐铁匠家里买了点东西。

　　三天后,一队日本骑兵渡过伊河闯进山里,去清剿山中的"歹徒",结果中了游击队的埋伏。在交火中,游击队有三人受伤,而日本人损失了五个人和五匹马。不久后,一个同情游击队的年轻山民在东南面山里的小庙边,看到这些马正在长着茂密灌木丛的山坡上吃草。

　　在成功完成转移的重任后,落脚在西安的125野战医院又开始重复老一套。病人和伤员顺从却绝望地按照单调的节奏死去,打麻将时清脆的响声重新从医生的房间里传出，就像欢声笑语穿过悲伤呻吟的夜晚。在这个毕业于河南大学的年轻肖军医的生活中，周围声色犬马、堕落腐化的日子一点都没变。如果一定要说变化，也有那么一点点：他现在怀着比此前更大的兴趣去阅读报纸，尝试理解河南战场惨败的背后原因。肖医生意识到，国民政府试图通过一种人为制造的黑暗，去掩盖军事上的失败。这一结论促成了他接下来的一步……

在和一个同事的聊天中，肖军医获悉（对此人们只能窃窃私语，因为在西安也到处有警察的耳目），难路县城附近的山上有好几支游击队；还听说，这里有些是原先溃兵临时组成的本地队伍，而有的是中国内地有组织的新四军先遣队，也就是带有传奇色彩的原来的红军。在国内战争中，红军曾经被上百次宣布死亡，但又上百次死而复生。这个同事还对他说，自己也不知道是真事还是谣言："在渑池，你还记得吧，就是我们原来的窑洞营房，一家野战医院重新开张了。不，不是日本人开的，是他们的，他们。"

"能不能，"肖医生问道，他自己心里也没底，"能不能从咱们这里去敌占区？"

"当然可以！"同事笑道，"试试看！穿上一身长袍，戴上顶皮帽，手里拎上个皮箱，然后让人给你印些体面的名片——宋老板。每天都有十几个走私犯过境。"

经过几个星期的认真思考，肖军医和西安的一些人秘密接触了几次，而这些人又和其他人有着联系。于是，肖医生因为某种刻不容缓的家庭原因急需马上出门，需要按规矩开具假条。院长耸了耸肩："你也的确干得够多了！"谁会想到，这个心地善良，也会跟着找乐子的肖医生,一个搓麻将的牌友,一个合群的酒友,放弃原先敞亮的生活就像脱下来一件衣服丢在身后,此前做的这些事都是为悄悄奔赴昏暗的窑洞野战医院打埋伏。

年轻军医留下的也许根本就不是自己的生活,也许他的生活才刚开始。那个几乎聋了的看门人礼貌地微笑着鞠了一躬,问候道:"肖医生回来啦!"这个看门人就是125野战医院从渑池转移时,遗忘在当地的那个人。现在野战医院的领导是一个上海来的年长革命者,他用力地握住这个新加入的年轻人的手,说道:"您这样一位有职业素养的医生愿意在我们这里工作,实在太棒了。"

同样的话在一年之前,也是在这个地方,另外一个人在欢迎时也曾对肖医生说过。但那个人在当时还加上了一句:"可是我们什么都做不了。"现在肖医生发现,加上的这句话分量沉重得可怕,比外科医生手中的手术刀还重,比一个受过良好训练的医生手中的救命药物还重。这决定了生死……

在仲夏的日子里,肖医生开始了在游击队野战医院的工作。难路县城附近地里的棉花、红薯已经成熟,流亡的河南大学一直还在豫陕交界的小城西峡口,等候着教育部对它未来命运的指示。

唐先生的病也好起来了。今天是他第一次起床,坐在住的小庙前,望着东方,那是他失去的家园。学生们围着他,苏梅也在其中。

"我听说,"有一个人说,"在难路县城附近又打起来了。"然后他用很轻的声音说:"游击队……"

学生们沉默着。每个人都有自己的想法,但是没人会说出自己的想法。聪明人沉默不语,让别人去说。

难道唐先生的周围平时围着的是一群傻子和夸夸其谈者?他张嘴说道,说得明明白白:"要是还能看到自己被解放的家乡的话,我们会感谢他们的。"

所有的人还是保持着沉默,每个人都有自己的心思,他们的想法各不相同。

"如果我们回去,"马苏梅说,紧紧地抱住了自己的孩子,"会是什么样子?我们的床被砸烂,我们的书被烧毁,我们的房子被破坏。"

"我们会重建我们的房子,"唐先生慢吞吞地说道,他还很虚弱,"我们会建设得比原来更好,更美丽。我们现在的生活什么样?贫穷,不安,逼仄。我们必须把我们的生活建设得更敞亮,更安全。"

这位老人闭上了眼睛,好像正在这个潮湿的八月夜晚做梦,但其实他很清醒。他感受得到年轻人坚定的信任,就像心中穿过炙热的火焰。孩子们,我亲爱的孩子们!你们在我的肩头放下的是一副重担啊!

李小姐清亮伤感的声音打断了大家的沉思:"你们听说我们享有盛名的汤恩伯将军的事了吗?"

"郑州的那个,那个出卖了我们,那个丢失了自己所有军队的人?"

"就是这个人,现在被最高统帅部任命统领一支新的部队,派他去保卫江西,保卫这个省。"

"保卫?"马苏梅笑了。许多个星期以来,她的朋友们第一次听到她的笑声。

"我们会和他做一个了断,"唐教授说,"我们要和一切做一个了断。我已经老了,但我相信,我还会活到这一天。我们会和日本刽子手算总账,我们会和自己人民中的叛徒算账,会和那些公开的和秘密的,和那些在日本天皇手上喂养的,还有那些自称为自由中国的英雄却要为我们的不幸负责的人,和这些人去算总账。"

这下年轻人不再沉默。他们有问有答,提出支持和反对意见,慢慢地讨论了起来。这场讨论一直持续到深夜,大家讨论了所有关注的焦点问题。

马苏梅把自己的孩子放在院子里最凉快的一个角落的床垫上。孩子在睡梦中静静地呼吸着。她有着宽阔的颧骨和像妈妈一样突出的嘴巴。

尾声

高粱成熟的时节，一般是在收过稻谷后的两个月。就在这时，难路县城里发生了一件事。一个面目狰狞、浑身是伤的乞丐，在县城距离县衙不远的主道大街上，扑倒在高老板的脚前，请求施舍。高老板用脚把这个扑过来的人踢到一边，这个人却站了起来，张牙舞爪地靠近高老板，身上散发着令人作呕的闻起来像脓血的恶臭，嘴里说道："高老板，您不认识我了？是我啊，您的老朋友，挑夫老廖。上次见面时，我给您屋里头的带来了丝绸，您在里边二院请我喝了茶，还夸奖我办事牢靠。然后您让我挑了一担子特别的货送进山里，我还请求您让我回家。结果我在路上遇到了国军，当兵的搜查了我，发现我挑着的是被偷的红十字会药物，他们把我打得躺了十天走不了路。后来我又落到了日本人的手里……"

那天正好是集市，难路县城的路上到处挤满了女人、孩子和老人。大家都伸长了脖子看稀奇，要饭的这一幕可很少见。高老板因为嫌脏，根本就不想用手碰这个人，向围观的人招手来帮忙，但人群中没有一个人挪动脚步。挑夫老廖却还在继续说着。

"然后我落入日本人的手里。他们强迫我挑着沉重的担子，直到我累趴下。我在大路的烂泥里躺了五天，蛆虫爬在我的伤口上，没人帮助我，直到一个游击队员可怜我，给我掰了一块他的黑馒头……"

"老实交代,你和匪徒有什么联系?"伪军警察说道,然后开始动手殴打这个乞丐。

"老爷,我怎么会承认根本没影儿的事啊?"

"老实交代,你们的老巢在什么地方?城里还有谁和这帮匪徒有瓜葛?说!快说!"

这帮人没有接着殴打,也不再威胁老廖。他们用削尖的木条插到他的指甲缝里,还在伤口处洒盐。但这个乞丐还是牙关紧咬不松口,于是他们就决定杀一儆百。在西门有一片宽敞的平地,就是新年演出戏剧的地方,他们竖立起了一根结实的杆子,然后用电话线把乞丐牢牢地绑在了杆子上,还在他身上浇上了汽油。最后,他们拳打脚踢把全城的居民驱赶到这里来看他们的表演。他们点燃了汽油,将这个乞丐活活烧死。

在场的那些人目睹了这可怕的一幕,他们听到火刑柱上传出的声音,就像一只野兽在嚎叫,这是一种可怕的诅咒,就连警察局的人也毛骨悚然。

在那个夜晚,高老板做了一个噩梦(无论是大老婆还是小老婆都没法让这个受了刺激的人恢复平静)。他梦见了那个被烧成黑炭的乞丐老廖走进了家门,不是一个,而是十个、一百个、一千个,整整一支大军。他们拿走了他的床,拿走了他的衣服,拿走了他的房子,拿走了他的田地,他们驱赶这位难路县城里最富有、最尊贵的人,赤裸裸地走进了荒无人烟的大山……

结束

中文出版说明:

1948年德文原著第一版中使用的木刻版画为作者苏姗·万托赫授权使用,版画所有者为伦敦的 Selwyn-Clarke 女士。特此说明。

再版主编后记

[意]托马斯·索玛多斯(Tomas Sommadossi)
刘炜 译

小说《难路——坎坷之路上的一座城市》的中文翻译是一件尤其令人感到欣慰的事。一方面意味着亚洲和欧洲的学术志趣在相向而行,另一方面则是看到翻译作为两种语言和文化之间的桥梁起到了值得称颂的作用。

阐明具有划时代意义且带有历史印记的事件,就像苏珊·万托赫的小说所记录下来的那样,只有在超越国界和相互交流中才能实现。流亡文学作品的出版尤其有助于促进这种有创造性的对话,因为跨文化正是流亡文学所包含的基本要素。翻译本身就是对这部作品的一种认可。这里要说的是,这部作品在其初版所在地奥地利从来没有获得重视,最终被遗忘。至今,这部作品在自己的故乡只有为数不多的读者,其中就有作家埃里希·哈克尔。他在差不多25年前介绍了苏珊·万托赫,让人们对她的文学创作有所了解。我在查找与太平洋战争有关的文学见证时(Görbert, Keppler-Tasaki, Sommadossi 2021),带着好奇心阅读了哈克尔的介绍,然后才补上了万托赫作品的这一课。从此,我的工作就聚焦在落实出版来自中国和太平洋地区的流亡文学作品上。将这些作品保留在文化记忆中十分重要,因为这是一种另类的流亡文学,有其重新发现的价值。译者刘炜为此付出了重要努力,通过他的工作,苏珊·万托赫得以第二次来到中国,不过这次不是作为一个失去家园的人,而是作为一位曾经的时代见证者和一个虚构故事的创作者。她以令人印象深刻的方式,将中欧和东亚连接起来,让二者相互靠拢。

关于作者

[意]托马斯·索玛多斯(Tomas Sommadossi)

刘炜 译

苏珊·万托赫(1912—1959)在二战前的最后时刻艰难地踏上了前往上海的路,逃离了第三帝国官方的迫害和杀戮,她属于那17000到20000名逃离中欧的犹太人中的一个。在纳粹1933年获得政权后的最初五年,移民前往中国的人数还很少。原因是多方面的,但主要是源自一种想象,害怕自己在完全未知和感觉受到威胁的陌生状态下无法生存。对于中国这样一个二十多年来一直处于战乱,生活极其艰苦的国家,有一些谣言在德国和奥地利的犹太人中广为流传:"可怕的贫困、糟糕的卫生、难以忍受的气候条件、蔓延的热带病,还有这座远东大都市的陌生文化。这些说法挡住了很多受迫害的犹太人逃往上海的路。"(Zhuang 14; Freyeisen 2000, 390-418)在纳粹德国吞并奥地利之后,尤其在当年11月对犹太人的种族迫害后,几乎所有犹太人倾向的逃亡之路(首选是前往巴勒斯坦)都被封锁。于是中国才成了一个选择,确切地说,是犹太人可以接受的最后一个可能性。这时候,大屠杀已经在欧洲日益临近。纳粹开足马力准备消灭犹太人,他们利用已有设施(1933年就已经设立达豪集中营),还凭借其残忍的系统性接连设立了集中营。1938年晚些时候,萨克森豪森和布痕瓦尔德集中营就投入使用。在"玻璃水晶之夜"被逮捕且变得一贫如洗的犹太人,就被拘留在那里(Steinweis, 108)。

作为移民迁入地,上海的独特性在于,这座城市此时可能是整个世界上唯一无需签证,无需官方许可、财产证明或其他任何证件就允许进入的城市,在日本军队1937年占领这座城市后甚至无需护照。这种对逃亡者而言算是优点的情况源自城市管理中的矛盾:"在1937年后,上海本地便没有中国的官方机构,所有行政职责都由上海工部局(SMC)、日本人或法租界的机构负责。这里实际上不存在拥有最高权威的行政管辖权,也就没有与之相应的护照检查。"(Berna, 62)上海的开放性并非新鲜事物,在这些来自中欧的纳粹牺牲品抵达此地以前,这座中国城市就已经是带有国际色彩的世界大都市,且已经成长为贸易和金融中心。当德国的犹太难民潮涌入的时候,已经有数以万计的外国人生活在一个自治的国际城市社区里,其中人数最多的是日本人,然后是俄国人,他们在十月革命后大量来到中国。此外还有英国人、德国人、奥地利人、美国人和法国人(Löber, 19)。

在专业研究中,这条抵达中国太平洋海岸的救命之路被称为"小人物的流亡"或者"边缘流亡"(Armbrüster, 15)。被指向这座远东港口城市的犹太人实际上并非社会精英,而是那些被逐出家园,遭遇相同命运的人。他们都是些普通人,"因为受到瑞士、美国、英国入境许可的限制,或因为官僚主义的刁难而举步维艰"(Liu, 198)。这也就意味着,"逃往东方寻求自救的人,不是那些流亡前就在艺术、政治或科学领域享有盛名的人。哪怕后来返回家乡,或移居他处,这些人也很少成为公众生活中的有名人物"（Armbrüster, 15）。毋庸置疑,前往中国的作家也在此列,除了苏珊·万托赫之外,还有阿尔弗雷德·瓦尔特·科诺克（Alfred Walter Kneucker, 1939—1947 年在华）、马克斯·莫尔（Max Mohr, 1934—1937 年在华）、汉斯·舒伯特（Hans Schubert, 1939—1947 年在华）、马克·希格尔贝格（Mark Siegelberg, 1939—1941 年在华）,他们都不是德语流亡文学中的重要作家。

被驱逐到东方的作家之所以后来处于离群索居的状态,首先是因为受到文本溯源的限制。目前还无法清晰确定没有公开发行的文本的整体范围,不过可以肯定的是,以上提及的作家的数十部作品都还处于文稿状态。在流亡地的文学见证仅有零星出版,而且就算是能够付梓,其印数也少得可怜。因为出版困难,以至于这些出版物甚至都无法被图书馆接收并收藏,成了空白区域。属于这种情况的有马克·希格尔贝格的纪实性小说《保护性监禁的犹太人第 13877 号》（*Schutzhaftjude Nr. 13877*）,这是现在可找到的最早关于集中营的文学报道。作者记录了他逃往上海前,在达豪集中营和布痕瓦尔德集中营被监禁时的情况,这本书目前仅存寥寥数本。还有些这个时代的书籍虽然存在于图书馆书目中,但已经下落不明,如 1943 年记者库尔特·莱温（Kurt Lewin）写的《上海和我们》（*Shanghai und wir*）。在作家身后出版并得以收录于图书馆书目的情况,是 90 年代起才出现的,而且仅是自发行为。设想一下所有这些困难,就不会奇怪东亚的流亡文学为什么虽然拥有其重要性,但并没有被纳入文化记忆中,遑论引起读者群和文学史家的关注。

在此意义上,苏珊·万托赫的命运就是所有在华流亡作家的写照,因为她也同样被遗忘。可是无论从哪个角度去看,她的人生经历和流亡作品,甚至这部作品的出版经历,都是独一无二的。苏珊·万托赫于1912年在斯洛伐克行省出生,在林茨长大,年轻时就已经接触了共产党人的圈子,并最终加入了奥地利共产党。她于1938年逃往伦敦,又从那里去了中国。大多数犹太流亡者在中国期间,主要被限制居住在上海地区(Freyeisen,2011)。而这位日后的女作家却远离上海,和丈夫特奥尔多·阿尔诺·万托赫深入中国内地,落脚在了河南省,也就是小说《难路》发生的地方。可惜苏珊·万托赫的丈夫因病死于在华流亡时期。在河南,她结束了从中欧开始的逃亡。在河南当地,她给在红十字会工作的丈夫当助手,同时也是当地大学的语言教师(Mugrauer,25)。在从事医学和科学工作时,苏珊·万托赫成了当时内战和抗日战争胶着状态的目击者,目睹了每天都在发生的杀戮。在小说《难路》中,她为中国和世界历史的每个黑暗篇章做证。在中国时,她就完成了这部小说的草稿,但在1947年返回维也纳后,还是等了一段时间才于1948年最终正式出版。

在出版界,这本书的出版经历也算是绝无仅有的例外。在所有流亡远东的作家中,只有苏珊·万托赫生前在家乡出版发行了一本书。若要问为什么她取得的这一成就会被完全忽视,则要考虑到当时的政治背景。有一点毋庸置疑:万托赫从青年时代所秉持的共产主义信仰影响了她的文学创作。这本小说在维也纳寰球出版社出版,正是这家出版社给苏珊·万托赫的生活轨迹造成了致命冲击。因为这是奥地利共产党的机关出版社,所以这里的出版物在当时遭遇到偏见和怀疑,被认为带有政治片面性,会将潜在的读者吓跑(Köstner)。为了能够理解这种不信任在当时到底达到了什么程度,就需要了解人民党与社会民主党在战后奥地利联合执政时期的情况,这种大联合执政意味着保守的政治意识形态,所以这一时期几乎没有留给反对派活动家施展才华的空间。"奥地利第二共和国是以和解姿态出现的,它委婉地编造了一些无伤大雅的故事,而非本应有尊严地进行批评与自我批评。批评的声音,那些不想浑浑噩噩与此为伍的声音,几乎没有被听到,或者甚少被听到。"(Schmidt-Dengler,23)奥地利共产党人的声音尤其像是被送进了聋子的耳朵。在当时,奥地利共产党是战后唯一秉持反法西斯原则,而且从来没有在昔日纳粹圈子里寻求好处和寻求选民的一群人,他们成了自己理想的牺牲品。这个国家在整个政治领域都达成了一种普遍默契,想把战争期间的奥地利说成是无辜的,是"希特勒的第一个牺牲品"。这样就根本没有必要去追究战争罪责,也就没反法西斯和反抗运动的什么事了。至于那些本来就是暴政的牺牲品,那些被驱逐了的犹太人,在奥地利数十年间的政治活动中几乎没有被承认。这一情况将左翼人士推入了死胡同:"反抗纳粹,反抗奥地利社会曾广泛参与的纳粹暴政,加上现在奥地利共和国在政治上与西方的一体化,以及其他政党日益强烈的反共趋势,这些都造成了共产党人被社会排斥和边缘化。……奥地利共产党陷入空前的孤立,在矛盾日益尖锐的冷战中,对许多党员而言,其生存都受到了威胁。"(Stengel,73)

同样,在"重建的一体化的文学创作"(Menasse,26-39)中,共产党的作家也陷入了一种恶性循环,进而又导致了他们的孤立。他们一方面"找不到其他出版社,就只能在寰球出版社出版自己的作品"(Kroll,333),另一方面他们的作品也几近被排除在了图书市场之外,"因为从 1950 年起,共产党作家的图书实际上只能在共产党的书店里销售,所以图书印数急剧下降"(Kroll,333)。寰球出版社在 1955 年还出版了苏珊·万托赫的第二本小说《布丽吉特大街上的房子》(*Das Haus in der Brigittastrasse*),但两本书都没有引起任何反响。虽然苏联曾经许可发行,而且这些书也在东德和东欧的国家被翻译(《难路》被翻译成波兰语和捷克语,《布丽吉特大街上的房子》被翻译成捷克语),但销售量却如出版社在给女作家的信中所说——寥寥无几(Mugrauer, 27)。写作和职场的失意最终令她心灰意冷,甚至倍感绝望,这种感觉是万托赫生命最后阶段的写照。她一生坎坷,英年早逝。1959 年夏天,她进山踏上了一次不幸的死亡之旅,尸体直到五年后才被发现。至今也不清楚,她是死于自杀还是一场悲剧事故(Mugrauer, 30f., Fanta, 128)。

关于小说

[意]托马斯·索玛多斯(Tomas Sommadossi)
刘炜 译

苏珊·万托赫在《难路》这部小说中所表现的并非政治报道或者个人在华的陌生经历,而是通过贴近和直观的观察,以中国历史的一个瞬间为契机进行的文学创作。故事情节围绕一座河南省规模不大的大学中的人物展开,他们在日本侵略军逼近的时候,从虚构的城市"难路"出发,逃入内陆腹地以寻求安全。这条坎坷之路正是现实历史的写照。1937年抗日战争全面爆发后,中国政府将教育机构从战乱地区迁往西部,以期躲避战乱(Israel,Hsieh)。这样的搬迁就好比一场战斗洗礼,参与者的勇敢气概通过了考验:"包括所有政府机构在内的大多数机构,要么迁移到本省的农村地区,要么向西迁移到日本人没有占领的地区。根据战时条件的需要,有的迁移一次,有的迁移三四次。这是个英勇的故事,由于交通不便,许多路程都非常艰难,多数情况下,人们还随身携带着书籍和乐器。"(Hayhoe,54)

这些事就发生在苏珊·万托赫的小说中。逃亡路上的人物包括整个大学的人:除了教师以外,还有学校的管理机构和教辅人员。作品围绕着大学生和年轻人展开,不存在某个中心人物或英雄人物。万托赫刻画的是整体的中国人民,无论笔下是宏观叙事还是描写不同具体人物,整个河南大学群体就代表了中国人民。就此而言,女作家通过虚实结合的叙述方式阐释了现实历史的进程,有的是言简意赅的片段,有的则是客观全面的描写(如第三章"革命者"的结尾)。女作家并不想通过宏大叙述来讲述历史,而是去记录战争中单独个体的命运。通过12个篇幅简短的章节,她用素描的手法刻画人物命运,使读者身临其境并深受感动。故事中有几个尤其引人注目的人物:17岁的媛蓉,为了逃脱可能被日本兵强奸的命运,投井自尽("前后左右都是敌人,只有一条出路,但这条出路黑暗、冰冷、深邃");坐月子的马苏梅,她的孩子刚出生父亲就被残忍杀害,文中的讲述者对这一家人表达了深切同情("可怜的,没有了爸爸的小家伙,战争孤儿……");感情细腻善于鼓励的德语教师常先生,有一天突然被一辆陌生的汽车接走,再也没有回来("与他一起消失的还有挽回女大学生小李和肖医生之间情谊的希望。此外,一同消失的还有一种力量,这也许是唯一能避免灾难发生的力量");乞丐老廖,他被怀疑是游击队员,遭到汉奸的严刑拷打,最后被浇上汽油公开处以火刑("在场的那些人目睹了这可怕的一幕,他们听到火刑柱上传出的声音,就像一只野兽在嚎叫,这是一种可怕的诅咒,就连警察局的人也毛骨悚然")。

这样的叙述视角对一部流亡历史小说而言,令人感到意外,甚至让人有些迷惑。读者无法在作品中找到其他流亡作家笔下常见的"流亡与作家个人经历之间的紧密联系,以及对历史的解析与辩护"(Zimmermann, 189),也没有在回看自己的"人生经历和人生挫折"(Kleinschmidt, 25)中加上自传式的内容。虽然气氛和人物的塑造显然受到个人经历、情绪和遭遇的启示,但这位西方的流亡者并没有表达自己的个人观点,而是聚焦于笔下人物的命运。书中强调的是那些有文献记载的瞬间,而非作家自己的经历。这一思路堪称典范且一以贯之,所以文本中看不到以上帝视角出现的自述。同样,作家对自己的受难史和欧洲出身也未置一词。取而代之的是以当时的中国为叙事场景,并由此通过一种内部视角去报道。前言清楚地表明,作家要用客观的方法来描述在中国发生的事,这一点成了一条严格遵守的叙事原则。让人感到有陌生效果的,也仅是那些被原汁原味转写出来的中文方言对白和概念,这种书写一方面表明女作家没有汉学背景,另一方面也说明她根据自己的切身经验,用自己的方式,通过准确和直接的叙述,强调了对细节的尊重。

通过卓有成效的整合,苏珊·万托赫刻画了一幅当时政局的全景图。持续的战乱将中国变成一片废墟,这里既有蒋介石与共产党毛泽东军队之间的战斗,也有日本人的侵略。虽然万托赫因为党派立场支持中国共产党的抗敌斗争,但在塑造那些没有主角的历史人物众生相时,她恪守理性描写的范式,既没有夸张的煽情,也没有把某个人物笼统地包装成英雄。日常生活百态都被用写实的方式呈现出来:饥饿与疾病,政局的撕裂,腐败和个人的崇高,矛盾与恐惧,随大流和反叛。于是,大学的迁移被刻画成一条受难之路,人们在这条路上经历了内部的撕裂,同时又受到外部的威胁。他们在一个划时代的变革时期,艰难恪守着自己的文化传统,并在其中重新寻获自我。在每一个落脚处,无论是什么样的落脚处,也无论如何抵达,他们都带着书箱和实验器材。他们心中有执念,民族的未来以及当下所盼望的和平最终都需要教育和研究。随便面临什么,"大学运转如常"。

用文化做武器与战争抗衡:这样的信念给这部紧凑的小说设定了道义的基调。社会主义意识形态的背景虽然给这部书的接受带来了困难,但这本身不值一提,反而是书中字里行间流露出来的和平主义的呼吁更显重要。万托赫在她描绘的画面中,直白地表达了她对战争残忍和侵略者可怕罪行的憎恨,这些图像不加雕琢地直接表达了那个时代的艰难困苦:"这些穿着草鞋的士兵拖着浮肿的双脚在烂泥路上挪动着。他们穿着夏季军服的短裤,裸露着双腿,腿上沾满了污物,还因为生疮癣而发生了溃烂,仅仅用一片灰色的纸或树皮裹着伤口,从里边流出脓水。"尽管如此,哪怕在第一眼看起来毫无出路的绝望中,目光所及也是能给人赋予力量的"这里的山川河流"。这样的描写给读者营造出了一种伤感的气氛。同样在开头部分,还有一段融合了自然与文化的描述,体现出了一种无拘无束的文学风格:"这里随处可见帝王将相的历史荣光。旧时宫阙的尘埃随风而逝,飘散在了黄河流域大平原。这里曾是传说中老子和孔子相会的地方,却没有留下任何古迹供人凭吊。洛阳城依旧坐落于河南省,春天的桑树依旧开满了花,龙门的壁立千仞仍然像以前那样,在南面守护着这座城市。白居易在这里留下了诗篇。"

万托赫在小说中植入了一系列木版画,这些画均摘录于1946年出版的《战争木版画——战时中国》。估计这是她在中国亲自购买,然后交给出版社当作样板。这部画册收录了1937—1945

年的一百余幅艺术漫画作品,以此向这种艺术致以崇高敬意。这种艺术形式服务于抗日战争期间的宣传需要,1938年成立的中华全国木刻界抗敌协会主编出版了这部画册,其本身就是战争的产物。这种木版画艺术源自苏联,发展成为一种灵活多变且覆盖广泛的艺术工具,为的是能加强人民大众在政治中的自我意识(尤其包括没有文化的社会阶层),并敦促他们参与其中(Chi, 23)。这部画册的引言带有辩护色彩,它强调说:"这门艺术的发展史是用血和泪写成。但是,阻碍和挫折并没有杀死这门新的艺术,相反,它在斗争中壮大。"

如果说《难路》这部小说中的描写以及插图中强调的战争题材,在作家流亡期间的构思中充满了崇高的理想,那在1948年这本书付梓的时候,这些理想都已经不符合时代的要求。尤其在20世纪四五十年代,奥地利的内部政治气候使得抵抗者、受迫害者和返乡者无法占有主导地位,取而代之的则是世界大战的参加者和昔日纳粹的追随者。这些在数量上占多数,被执政党招揽来的人民大众,面对抵抗者持不信任甚至是敌视态度。抵抗者成了"违背誓言的人""胆小鬼""叛徒"和"凶手"。奥地利的抵抗运动遭到怀疑或者拒绝(Neugebauer, 38)。哪怕就在这种背景下,万托赫还是给抵抗运动树立了一座纪念碑,这座纪念碑虽然讲述的是中国的故事,但表达的却是普世价值和崇高道德。但在当时,讨论流亡文学的文化遗产以及关于抵抗的时代还没到来:"哪怕是在第三帝国结束后,流亡作家也总是被人当成不受欢迎的文学竞争者,他们被迫流亡,受尽屈辱。"(Amann, 30)"家乡的文化政治恐怖症"(Seeber-Weyrer, 145)造成了万托赫——就像她笔下的人物一样——接连两次遭遇一个人所能遇到的最屈辱结果:"在自己的国家里被当成敌人!"

虽然苏珊·万托赫将她的故事呈现在了一个虚拟场景中,但这些描写河南大学历史的片段不应被忽视。这座大学在当时的战乱中命途多舛,被迫搬迁,这在其校史中有记载。《难路》这部小说的中文翻译纳入河南大学出版社的出版计划因此具有双重意义。其一,用欧洲反法西斯文学的文本去记忆中国大学历史上一个重要的篇章;其二,中文翻译也邀请大家参与讨论这本至今在德语圈还被忽视的流亡文学作品。流亡文学需要全球的参与讨论和研究,需要传播跨文化的知识,反映东西方的文化交流。这位女作家还未被发掘出来的价值就在她与陌生的异文化的关联中,这种关联在不断发生变化。不偏不倚地说,这部作品也指出了一个问题,即那些在德国文学传统中的常识,在国际背景下是否还能做到不言而喻?不同于德国文学所固有的观察视角,这些文学见证丰富了历史讨论,提供了另一种观察视角。这些都让全世界思想史的发展脉络变得清晰可见,使其发展远远超越德语圈的地理边界。

参考文献

关于苏珊·万托赫的作品

授权第一版

Nan Lu. Die Stadt derverschlungenen Wege. Eine Erzählung aus dem Chinavon heute. Wien 1948; Lizenzausgabe SBZ/DDR: Berlin Ost 1949; Polnisch: Nan Lu, miasto zawiłych dróg.Opowiadaniezżycia dzisiejszych Chin.Warschau 1949; Tschechisch: Nan Lu.Prag 1949.

Das Haus in der Brigittastraße.Wien 1953; Tschechisch: Důmv Brigittiněulici.Prag 1953.

16 Tage imneuen Rumänien. Bericht über die Studienreise einer Gruppe österreichischer Intellektueller durch die Rumänische Volksrepublik. Wien 1955.

Von Nichts zu Nichts ein eiserner Balkon. Gedichte. Wien 1970.

短篇与诗歌

Kindernovelle. In: Der Kreis hat einen Anfang. Neue österreichische Erzählungen.Wien 1954,S.199-250.

Wien, Innere Stadt; Eure Kinder; Dezember 1938. In: Dein

Herzist deine Heimat. Hg. v. Rudolf Felmayer. Wien 1955, S. 204f., 210f.,311f.

Dezember 1938; EureKinder.In: Und senden ihrLied aus.Lyrik österreichischer Dichterinnen vom 12.Jahrhundert bis zur Gegenwart. Hg.v.MinnaLachs.Wien,München 1963, S. 147-149.

Wien, Innere Stadt. In: Die Barke. Lehrer-Jahrbuch (1963), S. 117f.

Dezember 1938; Eure Kinder. In: Welch Wort in die Kälte gerufen. Die Judenverfolgung des Dritten Reiches imdeutschen Gedicht. Hg. v. Heinz Seydel. Berlin Ost 1968, S. 82, 375.

Eure Kinder. In: Die Steine reden. Gedenkstätten des österreichischen Freiheitskampfes; Mahnmale für die Opfer des Faschismus. Eine Dokumentation. Hg. v. Erich Fein. Wien 1975, S. 178.

Eure Kinder. In: Verlassener Horizont. Österreichische Lyrik aus vier Jahrzehnten. Hg. v. Hugo Huppert u. Roland Links. Berlin Ost 1980, S. 87.

Eure Kinder. In: In welcher Sprache träumen Sie? Österreichische Lyrik des Exils und des Widerstands. Hg. v. Miguel Herz-Kestranek. Wien 2007, S. 503.

Drei Erzählungen aus China (Der Berg mit den sieben Gipfeln; Schnaps mit Ei; Die Füße im Eimer).In: Exil.Literatur & Gedächtnis. Ein Lesebuch.Hg.v.Alexander Emanuely. Wien 2012,S.67-71.

Der Marsch der 47. In: Als der Aufstand losbrach··· Lesebuch zum Februar 1934. Hg. v. Alexander Weiss. Wien 2014, S. 148-153.

翻译与阐释

AITSCHIN: Der Morgen kündigt sich an; LU LI: Als ich die Augen aufschlug (Nachdichtungen). In: Ost und West 3 (1949), H. 7, S.39f.

JOHNSON, Hewlett: Ein Viertel der Menschheit. Chinas neues schöpferisches Zeitalter. Wien, Essen 1954 (Orig. China's New Creative Age. London 1953); Lizenzausgabe DDR: Berlin Ost 1954.

其他流亡作家的作品

EBER, Irene (Hg.): Voices fromShanghai. Jewish Exiles in Wartime China. Chicago, London 2008.

HINZELMANN, Hans–Heinz: Chinesen und fremdeTeufel. Der Roman von den fünftausendjährigen Geheimnissen in China. Hamm1950.

KNEUCKER, Alfred W.: Zuflucht in Shanghai. Aus den Erlebnissen eines österreichischen Arztes in derEmigration 1938–1945. Bearb. u.hg.v.Felix Gamillscheg.Wien, Grazu.a. 1984.

MOHR, Max: Das Einhorn. Romanfragment. Mit Briefen MaxMohrs aus Shanghai, 1934 – 1937. Hg. v. Nicolas Humbert. Bonn 1997.

MOHR, Max: Korrespondenzen. Hg. v. Florian Steger. Heidelberg 2013.

SCHUBERT, Hans, Mark SIEGELBERG: Die Masken fallen;

Fremde Erde. Zwei Dramen aus der Emigration nach Shanghai 1939-1947. Hg. v. Michael Philipp u. Wilfried Seywald. Hamburg 1996.

SIEGELBERG, Mark: Schutzhaftjude Nr. 13877. Shanghai o. J. (um1940).

SIEGELBERG, Mark: Das zweiteGesicht / The Face of Pearl Harbor.English and German Parallel Text.Hg.v.Tomas Sommadossi. München 2017.

相关研究资料

AMANN, Klaus: Tradition und Kontinuität - Vivant sequentes - oder: Wieman es schafft, sein eigener Nachfolger zu werden.In: Die österreichische Literatur seit 1945.Eine Annäherung in Bildern. Hg. v. Volker Kaukoreit u. Kristina Pfoser. Stuttgart 2000, S. 30f.

ARMBRÜSTER, Georg, Michael KOHLSTRUCK, Sonja MÜHLBEGER: Exil Shanghai. Facetten eines Themas. In: Exil Shanghai 1938-1947. Jüdisches Leben in der Emigration. Hg. v. dens. Teetz 2000, S. 12-19.

BERNA, Yves: Politische Aspekte der Flucht europäischer Juden nach China während des Zweiten Weltkriegs. Frankfurt am Main, Berlin u.a. 2001.

CHI, Wang: Modern ChineseWoodcuts. In: People's China 4 (1953), H.9, S.23.

CHINESE WOODCUTTERS'ASSOCIATION (Hg.): Woodcuts of War-Time China.Shanghai 1946.

FANTA, Maria Bianca: Arbeiter der Feder. Die Journalistinnen und Journalisten des KPÖ-Zentralorgans Österreichische Volksstimme 1945-1956. Graz 2016.

FREYEISEN, Astrid: Shanghai und die Politik des Dritten Reiches. Würzburg 2000.

FREYEISEN, Astrid: Shanghai. Rettungam. schlechtestm. glichenOrt.derWelt? In:Exilforschung 20(2002),S.269-293.

FREYEISEN, Astrid: Der Fluchtpunkt Shanghai und seine Rezeption. In: Flucht und Rettung. Exil imjapanischen Herrschaftsbereich (1933-1945). Hg. v. Thomas Pekar. Berlin 2011, S. 38-53.

HAYHOE,Ruth: China's Universities 1895-1995.A Century of Cultural Conflict.New York,London 1996.

HSIEH, Chiao-Min, Jean Kan HSIEH: Race the Rising Sun. A Chinese University's Exodus during the Second World War. Lanham, Boulder u.a. 2009.

ISRAEL,John: Lianda.A Chinese University in War and Revolution.Stanford 1998.

KLEINSCHMIDT, Erich: Schreiben und Leben. Zur Ästhetik des Autobiographischen in der deutschen Exilliteratur. In: Exilforschung 2 (1984). Themenheft: Erinnerungen ans Exil. Kritische Lektüre der Autobiographien nach 1933 und andere Themen. Hg. v. Thomas Koebner, WulfKöpke u. JoachimRadkau, S. 24-40.

KÖSTNER, Christina: >Wie das Salz in der Suppe<. Zur Geschichte eines kommunistischen Verlages - Der Globus Verlag. Diplomarbeit Wien 2001. Kurzfassung in: Mitteilungen der Gesellschaft für Buchforschung in österreich 3 (2001), H. 2, S. 31-33.

KROLL, Thomas: Kommunistische Intellektuelle in Westeuropa. Frankreich, österreich, Italien und Großbritannien im Vergleich (1945-1956). Köln, Weimar u.a. 2009.

LIU, Weijian: Interkultureller Brennpunkt. Shanghai aus Sicht der deutschsprachigen Literatur zwischen 1920 und 1949. In: Ostasienrezeption im Schatten der Weltkriege. Universalismus und Nationalismus.Hg.v.Walter Gebhard.München 2003,S.187-216.

LÖBER,Petra: Leben imWartesaal.Exil in Shanghai 1938-1947. In: Leben imWartesaal.Exil in Shanghai 1938-1947.Hg.v.Barzel Amnon.Berlin 1997,S.10-41.

MENASSE, Robert: Diesozialpartnerschaftliche Ästhetik. Essays zumösterreichischen Geist.Wien 1990.

MUGRAUER, Manfred: >Die heilige Flamme<. Über die kommunistische Schriftstellerin Susanne Wantoch und eine unveröffentlichte Sammlung von Erzählungen über den österreichischen Widerstandskampf. In: Zwischenwelt 24 (2007), H.3. Themenheft: Menschenbilder,S.24-34.

NEUGEBAUER, Wolfgang: Österreich. Gegen den Nationalsozialismus 1938-1945. In: Handbuch zumWiderstand gegen Nationalsozialismus und Faschismus in Europa 1933/39 bis 1945.Hg.v.Gerd R. Ueberschär.Berlin,New York 2011,S.31-42.

SCHMIDT-DENGLER, Wendelin: Bruchlinien. Vorlesungen zur

österreichischen Literatur 1945 bis 1990. St. Pölten, Salzburg u. a. 2 1996.

SEEBER – WEYRER, Ursula: > Die Zeit imBuch <. Österreichische Exilliteratur in Rezensionszeitschriften nach 1945. In: Eine schwierige Heimkehr. Österreichische Literatur im Exil 1938 - 1945. Hg. v. Johann Holzner, Sigurd Paul Scheichl u. Wolfgang Wiesmüller.Innsbruck 1991,S.139-149.

STEINWEIS, Alan E.: Kristallnacht 1938. Cambridge, London 2009.

STENGEL, Katharina: Hermann Langbein. Ein Auschwitz – Überlebender in den erinnerungspolitischen Konflikten der Nachkriegszeit.Frankfurt am Main,New York 2012.

STRELKA,Joseph P.: Exil,Gegenexil und Pseudoexil in der Literatur.Tübingen,Basel 2003.

ZHUANG, Wei: Die Erinnerungskulturen des jüdischen Exils in Shanghai (1933 – 1950). Plurimedialität und Transkulturalität. Berlin 2015.

ZIMMERMANN, Bernhard: Exil und Autobiographie. In: Antike und Abendland 48 (2002), S. 187-195.

* 此处罗列信息不能保证完全收录苏珊·万托赫发表的作品。

译后记

2018年,在复旦大学定期举行的"奥地利文学在中国"系列研讨会上,来自意大利的学者托马斯·索玛多斯介绍了一部新发现的,而且在国内不为人所知的德语小说。这部小说篇幅不长,记录了河南大学的一段艰苦岁月,讲述的是河大在抗战时期西迁流亡办学的筚路蓝缕。虽然时隔久远,但小说读来依然令人深感震撼。震撼于河大办学的不易,震撼于河大学子的坚韧。

这部小说的作者,奥地利犹太女作家苏珊·万托赫的经历和她笔下的故事一样,也令人称奇。她与同为奥地利共产党员的丈夫在1939年逃离纳粹虎口后,居然深入中国内地,与当时迁至伏牛山区嵩县潭头(今属栾川县)的河南大学产生了交集,亲身经历了中国抗战的艰苦卓绝。

需要指出的是,在不同的文档中,这位女作家的姓名也有不同的翻译。按照现行翻译规则应音译为本书中的"万托赫"。但在检索过去的文档中,发现她的护士证上使用的中文名是"王苏珊",估计"王"是姓氏 Wantoch 首元音发音的音译,而苏珊则是名 Susanne 的音译。此外,在河南大学1942年呈报教育部的文件中还有"万陶珂"的写法,应为当时姓氏的音译。

作为译者，能遇到这样一部带有传奇色彩的作品，能将译文呈献给河南大学，甚至能像意大利的学者托马斯·索玛多斯在其主编后记中所说，带着苏珊·万托赫作为一位曾经的时代见证者和一个虚构故事的创作者第二次来到中国，实属荣幸。

刘炜
2021 年 10 月于复旦文科楼

编后记

应该说,《难路》中文版的出版很富于传奇色彩。该书诞生于抗日战争时期河南大学流亡办学的艰难岁月,出自一位外籍共产党员教师之手,经历了千回百转,终于在河南大学 110 年校庆之际重回故土。

1937 年 7 月日寇全面侵华战争开始,被战火侵迫的各地大学纷纷西迁。地处中原的河南大学也开始了它流亡办学的艰难岁月,在信阳鸡公山、镇平、嵩县潭头、淅川荆紫关等地辗转迁徙,成为在北方地区的烽火前线坚持办学、弦歌不辍的唯一高校。在流亡办学的河大师生中,有一位身份特殊的教师:奥地利籍犹太人、共产党员苏珊·万托赫。她目睹了当时河南大学遭受的苦难、进行的抗争,开始创作以河南大学流亡办学为背景的小说《难路》。万托赫于 1947 年回到维也纳,次年该书出版,并被翻译为波兰语和捷克语。但因为特定的政治、文化背景,该书反响清冷,销量惨淡。直到 2018 年前后,这部小说才被意大利学者托马斯·索玛多斯重新发现,由他担任主编,该书以德文再次出版。

国内较早关注到此书的是复旦大学德语系刘炜老师。他将小说中的内容与河南大学校史中的相关记述认真比对,又对作者苏珊·万托赫的生平进行了细致的研究,认为这部小说正是作者以自己的经历和见闻为基础,以河南大学抗战时期流亡办学的经历为背景创作而成的。作为他承担的教育部项目的部分内容,刘老师将自己的相关研究写成论文征求意见。我们辗转读到了这篇文稿,深深为这样一部小说的存在感到震惊。

我们将此情况报告给了学校有关领导,当时分管出版社的孙功奇副校长明确指示,可以将这部小说翻译出版,作为对110年校庆的献礼。孙校长本人对这一段校史也很感兴趣并颇有研究,他细致地考索了相关文献,找到了不少与此相关的珍贵历史材料,有文字,也有图片,对了解苏珊·万托赫当时的生活状态有很大帮助。在该书翻译、出版的过程中,孙校长持续予以关注和指导,他不仅对该书的呈现形式给出了具体的意见,还应邀为该书写作了序言。该书能够顺利出版,与他的指导、支持是分不开的。

确定翻译出版该书后,我们立即开始着手版权的引进工作。在此过程中,对我们帮助最大的是刘炜老师。由于版权持有人希望直接与我社对接,刘老师成为了我们两方面沟通的桥梁,他及时沟通双方的意愿,并毫无怨言地承担了相关文件的互译工作。这个过程从2021年7月持续到2022年3月,双方的沟通非常细致、充分,相关文件也多次调整,最终达成了合作协议。刘老师还联系了2018年德文版的主编托马斯·索玛多斯,请他在再版主编后记的基础上,专门针对中文版的出版进行了修改和补充,授权给我们使用。这篇后记写得内容充实,视野宏阔,对阅读和研究该书都有很高的参考价值。在此,我们对刘老师多方面的热情帮助深表谢意,也对托马斯·索玛多斯先生的大力支持,对版权持有者的授权表示感谢。

在沟通版权的同时,我们经过认真考虑,委托刘炜老师对该书进行翻译。他是国内较早研究该书的学者,对小说的时代意蕴和艺术风格都有深入、准确的把握。刘老师虽然教学、科研工作繁忙,还担负着一些行政事务,却欣然答应下来。在疫情肆虐的这个时期,他克服困难,全力以赴,顺利完成了翻译工作。他的译文准确流畅,朴素自然,译出了特定的时代氛围,使人有身临其境之感,为此书的中文版增色不少。

"难路"是虚构的城市名,也是当时现实的真切写照。但行走于这条"难路"上的河大师生,却坚守着信念和理想,以昂扬的精神奋起抗争,义无反顾地决然前行。多少年来,这种百折不挠、自强不息的精神已经融入到河南大学的血脉中,成为学校发展生生不息的内在动力。因此,在建校110周年校庆之际,回首峥嵘岁月,重温艰难时世中的青春与激情,为"双一流"建设凝聚精神力量,该书的出版正当其时。

谨以此书献给河南大学110年校庆,也献给它的作者、深爱着河南大学的苏珊·万托赫!

河南大学出版社《难路》编辑组
2022年9月